Vincent Petit

Code M.A.R.L.O.W.E.
Les Aventures d'un détective parisien

BoD

Edition : BoD - Books on Demand
12/14 rond-point des Champs Elysées,
75008 Paris

Couverture : Félix Delabranche
Premier roman
Vincent Petit

Prologue

Lors de l'écriture de ce modeste roman, j'avais en tête deux objectifs. Le premier était de montrer que n'importe qui a les capacités physiques et mentales d'écrire. A la fois pour soi et aussi pour les autres. On sait tous écrire. Et, il est, pour moi, important que chacun s'exprime comme il le souhaite. Les arts existent pour cela après tout.

Le second objectif concerne plus particulièrement l'écriture. Je trouve qu'il est important que l'on ne dissocie pas l'auteur du narrateur. Trop souvent, l'auteur s'exclut du récit, alors qu'il est le créateur de l'histoire. Je voulais, moi, en tant qu'auteur, paraître à travers ce roman. Être un personnage à part entière : ne pas être Marc, ni quelqu'un qui pose son regard sur lui, mais assumer la position de l'auteur qui est face à son personnage. D'où, certaines petites piques amicales envers le héros de ce roman.

Ces quelques lignes ont peut-être plus de chance d'être lues maintenant plutôt que dans un épilogue. Ce serait d'autant plus le cas si vous ne n'aimiez pas cette histoire, ce qui serait, entre nous, franchement étrange.
Ce prologue est aussi présent pour vous informer que, pour la première fois depuis l'écriture d'un livre, vous ne connaîtrez pas l'histoire avant de l'avoir commencée. Attention date historique !

Ça sent le vécu ? Effectivement !

J'espère que les aventures de Marc vous plairont.

Bonne lecture.

L'Auteur

CHAPITRE 1 : ENTRE-DEUX

Jeudi. Septième voiture. Ligne 4. Et, comme tous les jeudis, depuis maintenant douze années, à la même heure, Marc rentre du foot. Il est assis et se concentre sur les mouvements de va-et-vient créés par la puissance de déplacement du métro. Son sac, à la fois imposant par sa taille et discret par sa couleur, se trouve entre ses jambes écartées. Ce dernier est gris, un gris similaire à celui du sol du wagon. Le jeune homme est fatigué. Ses traits sont légèrement tirés et son regard lourd. Bien assis, au fond de son siège, Marc observe les différentes personnes dans le wagon. Il aime comprendre le comportement de chacun. Savoir distinguer ceux qui sont sans-gêne de ceux qui sont réservés. Savoir prédire à l'avance ceux qui iront rapidement se vautrer sur un siège et ceux qui resteront debout, le regard à la recherche d'une place libre inexistante.
En face de Marc se trouve une jeune femme plutôt attirante. Ses côtés studieux et bonne élève lui

plaisent. Elle est concentrée sur un roman de Zola. Il n'arrive pas à distinguer le titre de là où il se trouve. Mais, le peu de couverture qu'il aperçoit, lui montre un tableau qui représente des gens attroupés, se révoltant, points levés et drapeaux à la main. « Germinal », en conclut-il. Pour lui, c'est sûr. Ça ne fait pas de doute. Le nombre de pages doit être environ de sept cent cinquante. Ce qui fait, d'après ses rapides calculs, sept cents ou six cent cinquante pages de lecture, c'est-à-dire de narration pure. En retirant la préface, la biographie de l'auteur, les notices et la bibliographie que personne ne lit et qui sont toutes inutiles selon le jeune homme, exceptée la dernière rubrique évidement. Le nombre de pages correspond tout-à-fait à l'œuvre de Zola. Il le sait.
Cette femme le fascine. Comme bien d'autres personnes similaires d'ailleurs. Marc a toujours eu un profond respect et une admiration sans limites pour les personnes, qui ont la capacité de lire dans le métro.
Il a déjà essayé. Plusieurs fois même. Mais rien à faire. Tout l'arrête constamment dans sa lecture ; à commencer par son goût pour l'espionnage. En effet, il se plaît à observer les gens et les situations dans lesquelles ceux-ci se trouvent. Ce n'est pas de la curiosité ou du voyeurisme, comme certains préféreront l'appeler. Tantôt, ce sont les secousses trop brutales du métro qui lui font perdre sa ligne. Tantôt, les personnes qui parlent trop fort ou pire encore, celles qui viennent lui parler sans même qu'il ne les connaisse. Et puis, de toute façon, il ne se sent pas bien lorsqu'il lit dans les transports en commun. Son estomac se noue et alors il n'arrive plus à penser à autre chose qu'à une toupie qui tourne sans cesse et qui ne s'arrête jamais. Le tour-

nis s'empare de lui et c'en est alors fini. Il a beau essayer, tout le ramène toujours à des cercles, des ronds, des spirales ou des courbes en mouvement. Sa tête tourne. Son ventre se retourne. Vous l'aurez compris, pour Marc, l'affaire était réglée : pas de lecture dans le métro et c'était presque d'ailleurs devenu : pas de lecture du tout.
Dire qu'il n'aime pas l'art pour autant, serait erroné. L'art, il l'adore. Bien évidemment. Mais, on ne peut pas dire que lire soit son occupation favorite. D'ailleurs, on ne peut pas même parler d'une passion. Lorsqu'on parle de Marc, tout de suite, on est obligé d'évoquer deux passions. Ce sont ses deux moteurs. Ils lui permettent de vivre avec joie tous les jours. Bien entendu, il s'agit du football et du cinéma, deux domaines incontournables.
Il a découvert ces deux activités, qu'il considère l'une comme l'autre comme des arts, à l'âge d'environ sept ans. Il a toujours été fier de les connaitre et de les pratiquer. Alors, certes, on ne peut pas vraiment dire que Marc pratique le cinéma car il ne produit pas d'œuvres cinématographiques mais disons qu'il est un consommateur invétéré. Il se considère donc à la fois comme un jeune de sa génération, aimant le foot, mais aussi un jeune d'une génération bien antérieure, de par son amour pour les vieux films. Vous le verriez ! Ces deux passions le mettent dans des humeurs excessives.
Marc a toujours été quelqu'un que l'on pourrait qualifier de maladivement hyperactif. Son père, lorsqu'il était enfant, a donc pris la décision de l'inscrire dans un club de football. Il eut du mal car les revenus familiaux ne lui permettaient pas d'offrir à Marc le cours rêvé pour un enfant : celui du mercredi après-midi, tant désiré par son fils et situé à dix minutes à pied de leur appartement. Celui où

tous les copains du quartier se rendaient. Il avait donc demandé à un ami, coach de football, de le prendre dans ses cours du soir. Un cours pour les grands, les amateurs. Ceux qui venaient se défouler après leur journée de travail. C'est ainsi que Marc, à sept ans, s'est retrouvé à jouer avec des adultes, bien plus grands et costauds que lui. Il a du moins, grâce à cela, progressé très vite et n'a depuis, jamais arrêté ce sport. Tout lui plaît dans le foot : à commencer par la tenue et les règles, mais aussi les valeurs, les rencontres faites et surtout la dureté physique et morale. Il aime jouer mais aussi regarder les matchs sur son petit écran cathodique, dans son studio. Il ne les visionne pas tous. Ce n'est pas un drogué du football comme il en existe tant ; mais les grandes rencontres, c'est de l'ordre de l'obligation pour lui.

A l'âge de vingt ans, il s'est fixé un objectif : devenir footballeur professionnel. Pas pour le salaire astronomique ou pour le succès avec les femmes. Non ça, il s'en moquait éperdument. De l'un comme de l'autre. Rectification ! Il serait plus juste de dire qu'il se moquait du salaire.

Il voulait donc devenir footballeur, par amour pour ce sport. Il le trouve esthétiquement beau. Les dribbles, les passes, les tirs. Seulement, il s'est vite rendu compte qu'il ne pourrait pas réaliser son rêve. Le talent, qu'il avait, ne suffisait pas. Il faut également l'hygiène de vie qui va avec. Et, problème, Marc fume constamment, et cela depuis l'âge de dix-huit ans, âge, vous le remarquerez à partir duquel on peut acheter légalement des cigarettes. Marc est très à cheval sur les règles. Mais ça ne l'empêche pas de fumer comme un pompier. Il fume tellement, que l'on pourrait dire qu'il ne fume non plus les cigarettes mais directement les paquets. Un paquet, une journée, point final. Il enchaîne clope sur clope, sèche sur sèche, cigarette sur cigarette. Bref, vous l'aurez compris, il fume ; ce qui est impensable quand on veut devenir footballeur. Surtout lorsqu'on veut faire partie de la catégorie professionnelle.

La bonne question, oui vous l'avez trouvée ! Mais osez enfin ! On est entre nous. « Pourquoi fume-t-il ? » Pour se donner un genre. Pour faire comme dans les films. Pour se rapprocher de ses idoles. Pour devenir à son tour un James Dean, un Steve McQueen, un James Gardner, un Humphrey Bogart… De plus, il ne fume pas de n'importe quelle manière. Il est très méticuleux et attentif. Il alterne les différentes façons de les tenir ses clopes. D'abord, la cigarette entre le pouce et l'index puis entre l'index et le majeur. Après, il expérimente des nouvelles choses : entre le pouce et le majeur, entre le majeur et l'annulaire, etc. Ça lui apporte « la classe » comme il dit. Il veut posséder la façon la plus prestigieuse et élégante de fumer. Il veut maitriser l'art de fumer. Tout ça rien que pour lui, pour sa satisfaction personnelle. Le regard des autres ne lui importe pas. Il aime être naturellement bien, comme il lui plaît de vivre. Pour lui, le paraître, la superficialité sont à bannir dans une vie saine et intéressante. Mais revenons-en à la cigarette. Si Marc fume, ce n'est certainement pas par hasard. Cette addiction est liée à sa deuxième passion, qui est à placer sur un piédestal avec la première, attention ! Cette passion, comme on l'a vu précédemment, est donc le cinéma. Même s'il regarde de tout, époques et genres confondus, s'il veut passer une bonne soirée : il regarde un film noir sur sa vieille télé. Alors oui, peut-être que ce genre vous est pour l'instant inconnu, mais croyez

-moi à la fin de ce livre (« livre ? nan mais regardez la vantardise du bonhomme ! Un vulgaire récit rien de plus.») vous en aurez une définition claire. Vous aurez envie de vous plonger dans cet univers.
« *Le film noir est considéré comme un courant plus qu'un genre de cinéma* (selon Marc, c'est discutable car on trouve de bons films noirs récents). *Les films appartenant à ce genre sont la plupart inspirés des nouvelles de Dashiell Hammett* (retenez ce nom*) et Raymond Chandler* (celui-ci aussi*). Le film noir se fonde sur la société des années trente et met en scène des personnages atypiques récurrents comme celui du détective privé ou de la femme fatale. Il se développe surtout à la fin de la Seconde Guerre mondiale.* » Définition, nous sommes tous d'accord, pompeuse, longue à n'en plus finir et incompréhensible. Mais vous, vous public adulé et chouchouté, saurez tout ce qui est passionnant dans le film noir et, en particulier, ce qui passionne notre héros. Pour commencer, il aime l'ambiance créée par la pellicule noir et blanc, obligatoire pour Marc. Beaucoup diront, je les vois venir d'ici (et je suis loin d'eux pourtant) « Du noir et blanc ? Pourquoi pas de la 2D ?! » A ceux-ci je répondrai « Attendez de voir ! Et sachez que des Tarantino et des Fincher s'inspirent grandement du film noir ». Un bon film noir ne pourra jamais être en couleur. Absurdité. La musique à la fois relaxante dans certains passages de bars ou de motels et inquiétante dans les moments de poursuite ou lors des crimes, lui plaît beaucoup. Il est scotché devant les personnages énigmatiques inventés pour la plupart par Chandler et Hammett (je vous avais prévenu, remontez un peu plus haut si vous êtes perdus, c'est pas très loin). Il est friand du jeu caractéristique et psychologique des acteurs.

Et pour finir, Marc adore observer la façon de filmer les scènes ainsi que les nombreux détails dans le champ, c'est-à-dire ce que l'on voit à l'écran…
Ah oui, je ne vous ai pas dit mais Marc est un obsessionnel du vocabulaire, un obsédé du mot juste, un passionné de la précision syntaxique. Vous verrez, cela se confirmera par la suite.
Son genre favori est donc le film noir, sans hésiter. Mais ce n'est pas tout. On peut être plus précis et connaitre mieux Marc.
Son acteur préféré : Humphrey Bogart. Grand (un peu optimiste, notre Marc). Beau. (Il est vrai que Bogart ne laisse pas indifférent.) Musclé. (pour l'époque.) La classe incarnée. Une force de caractère non discutable. Un regard doux pour certaines, froid et dur pour les autres. La définition même du sang froid.
Son réalisateur favori : Howard Hawks. Bien qu'il adore John Huston également, Hawks a un petit plus. Il est moins prévisible et retranscrit mieux, à son goût, les atmosphères sombres du noir.
Son film préféré, forcément : *Le Grand Sommeil* (étant de Howard Hawks et avec Humphrey Bogart, que demander de plus ?) *Le Grand Sommeil* est ce genre de film que l'on a tous chez soi et que l'on peut voir et revoir sans que cela nous dérange le moins du monde. On pourrait mettre autant de « re » devant la racine du mot que notre grand passionné serait toujours tenté de le voir à nouveau.

Aujourd'hui, c'est un grand jeune homme, un peu joufflu, de 25 ans. Il doit en être à son quinzième visionnage. Ce qui n'est pas beaucoup par rapport au nombre de fois qu'il voudrait le voir avant de mourir. « Pour bien connaitre un film, le nombre de visionnages doit forcément comporter trois chiffres. » Oui, quand même ! Certes, il a encore le temps mais Marc est un homme prévoyant. Depuis qu'il est jeune, il n'a pas changé. Par exemple, son rêve est toujours de voir *The Big Sleep*, dans sa version originale sous-titrée, sur grand écran, au cinéma. Oui, le grand écran c'est le cinéma. Vous aurez beau parler d'écrans plats 4K, ultra HD, aussi fin qu'une feuille de papier, cela ne changera rien à son opinion. Jusqu'ici, ce rêve semble réalisable. Le problème est le suivant : Marc voudrait aussi le voir à L.A. —Los Angeles— une des villes caractéristiques des films noirs. Le jour où ce dernier à été retransmis au Grand Rex, Marc était malade. Mais même s'il ne l'avait pas été, il n'y serait pas allé. Non ! Non ! Je peux vous le dire. Je commence à le connaitre moi.

Le Grand Rex pour voir *Le grand Sommeil* ! « Quelle stupidité ! » Enfin ça, c'est ce qu'il dit. Le fait est que ne pas y être allé l'a rendu malade pour une semaine de plus. Fragile ce Marc, ou du moins, émotif en amour cinématographique.

Autre chose importante : Marc déteste le doublage et a pour habitude de regarder les films en V.O.S.T. Son anglais n'est pas mauvais mais les sous-titres lui sont tout de même fort utiles. Une fois, il a fait l'erreur de regarder *Sunset Boulevard* en version non sous-titrée. Il ne s'en est jamais remis. Il n'a rien compris et s'est juré de laisser de côté son ego. Il regarde énormément de films chez lui mais, même s'il chérit son vieux cathodique, le cinéma c'est pas pareil. Le cinéma, c'est la possibilité de voir un film en grandeur nature et surtout de le voir comme à l'époque. Le cinéma, c'est toute une atmosphère qui se dégage et que n'offre pas le téléviseur : l'identification, la proximité, le partage avec les autres. Cependant, son cher cathodique est la prunelle de ses yeux. C'est une vieille télévision qui date de 1948. Elle est grosse et lourde. Pas comme celle de vos parents ou de vos grands-parents. Non, encore plus ancienne. Il l'a eue pour quatre-vingts euros lors d'une vente aux enchères de vieilles technologies. Il l'a retapée parce que sa structure était brisée et a demandé à un ami du cours de football, de lui changer son écran. Il a donc transformé cette vieille télé en un objet personnel. Sa coque est maintenant rouge foncé et l'écran légèrement courbé. Gare à celui qui critique ou qui s'accoude sur le Saint Graal. Il passera un mauvais moment. Un jour, une femme que Marc portait dans son coeur a eu le malheur de poser un cendrier dessus. Ni une ni deux, elle n'était plus ni dans son coeur ni dans son logement.

Marc est quelqu'un qui aime les choses anciennes. Il aime d'abord leur apparence mais aussi leur odeur, leurs défauts, leur simplicité, le fait qu'elles soient souvent de meilleure qualité et surtout le fait qu'elles aient une histoire. Il aime à réfléchir à ce propos. Se demander qui a eu cet objet entre les mains avant lui, s'il a voyagé dans le monde, s'il a souvent été utilisé et par combien de personnes. Ça le fascine. Il peut ainsi, rester des heures, planté devant une vieillerie, à s'interroger.

Et, même s'il ne lit pas, il sera toujours émerveillé par un vieux livre chez un bouquiniste par exemple. D'ailleurs, lecture…livre…Zola…Germinal…métro…

D'un seul coup, Marc relève la tête. Il s'est assoupi. Cette séance était vraiment plus sportive que d'habitude , pense-t-il. C'est la mélodie aiguë d'un accordéon qui l'a sorti de sa micro-sieste. Terme ridicule qu'on emploie de plus en plus souvent de nos jours. Une sieste est une sieste point barre, qu'elle soit nano, micro, hecto ou autre. Marc n'aime pas qu'on plaisante avec les maths. C'est un garçon doté d'un état d'esprit à la fois très analytique et très mathématique, calculateur. Il regarde l'heure et voit 21:46 sur le cadran de la montre de son voisin de siège. Il lui reste quatre minutes de trajet, ce qui ne correspond plus qu'à trois arrêts. À la station « Boulevard Barbès », après avoir jeté un dernier regard sur la fille au livre de Zola, il déroule avec difficulté ses longues jambes et sort du métro. Décidément, elle lui plaît cette petite intello. Il monte les escaliers et sort dans la rue. Le vent vif et frais le réveille un peu. Il jette sa besace sur son épaule droite, la plus forte, et avance tout droit, le regard baissé. Dans sa tête, il compte le nombre de lampadaires sur sa droite, qui apparaissent légèrement dans son champ de vision. Sept. Il tourne sur sa gauche et s'arrête devant le numéro treize de la rue Simart. C'est un immeuble ancien, qui doit dater du début du XIXème siècle. Il fait penser aux bâtiments du boulevard Haussman. Grands et hauts. Avec de nombreux appartements à l'intérieur, surplombant la capitale. C'est ici qu'habite le jeune homme. Il s'agit du même quartier que celui où il a grandi. D'ailleurs, ses parents habitent deux rues derrière l'appartement de leur fils. Pour lui, loger près de ses parents était une nécessité. « Si jamais vous avez besoin de moi… » disait-il à l'époque à ses parents. En vérité, c'est plus lui qui a eu besoin d'eux jusqu'ici : linge à laver, plus de nourriture dans le frigo à une heure tardive de la nuit ou bien, et c'était le plus souvent, à sec au niveau de l'argent. Mais, ça ne dérangeait pas ses parents et il le savait, donc il en profitait. Ils l'aimaient et le comprenaient même s'ils auraient tout de même souhaité qu'il se trouve une situation

stable. Parce que, bien que Marc soit un garçon très déterminé et travailleur, il est également très difficile. Il veut donc le travail adéquat. Il a certes été livreur, caissier, serveur et même bibliothécaire mais tous ces jobs pour une durée très courte. Jamais même un CDD ne fut d'aussi courte durée. De la même façon, lorsqu'il a choisi d'habiter seul, avec l'argent qu'il a reçu en héritage d'un de ses oncles adorés, il a décidé de prendre un logement dont le numéro de rue serait énigmatique. Un numéro qui le fasse rêver. Ce fut le treize. Malheur ? Bonheur ? Pour l'instant, il dirait plutôt bonheur, il se sentait bien, chez lui, dans sa presque petite chambre de bonne, au cinquième étage, sous les toits. Il y faisait bon et il ne manquait de rien. C'était son petit cocon à lui et très peu de personnes avaient l'honneur d'y être invitées.
Il passe son *bip* devant le détecteur et pousse la porte. En règle générale, il ne prend jamais l'ascenseur. Non par peur, non, mais parce qu'il trouve qu'attendre est ridicule. Le temps qu'il passe à attendre l'ascenseur plus celui qu'il faut pour que l'ascenseur arrive au cinquième et qu'il s'ouvre, il est déjà en train d'introduire sa clef, (oui je préfère cette orthographe, question d'esthétisme) dans la serrure. Alors, à quoi bon ? En plus, c'est de la pollution inutile et une attitude de flemmard, donc autant dire pas la sienne.
Mais ce soir, c'est différent. Il est bien trop fatigué. Alors, après avoir appelé l'ascenseur, il s'appuie contre le mur. Cette expression l'a toujours fait rire. Il répète chaque fois qu'il en a l'occasion : « Tu as appelé l'ascenseur ? Moi il me raccroche toujours au nez. » : une blague qui le fait beaucoup rire. Même s'il a conscience qu'elle est complètement stupide, il l'a trouve amusante. Il aime criti-

quer les non-sens verbaux, les absurdités de langage.

En sortant de l'ascenseur, il baisse la tête et se dirige tout droit vers la première porte qu'il rencontre. C'est une vieille porte en bois qu'il a customisé. Marc, le MacGyver de la serrurerie. En effet, il a rajouté deux verrous : un en haut et un en bas ainsi qu'un judas, situé tout en haut de la porte, chose, soit dit en passant, inutile puisque personne ne lui rend visite. C'est par pur principe. Pour Marc, toute porte doit posséder un judas. Sinon, à quoi servirait cette invention ? De même, les deux verrous rajoutés n'ont aucune utilité particulière. Le jeune homme n'avait pas peur de se faire voler, mais se sentait davantage chez lui ainsi.

Marc ouvre la porte et traverse la chambre — qui fait également office de salle à manger, de cuisine, de salon, de bibliothèque, de DVDthèque (puisqu'il paraît que ça se dit) et de salle de bain— Il retire son T-shirt et défait sa ceinture. Non mesdames ! Pas ça ! Pas de strip-tease, Marc n'en a absolument pas l'énergie. Une autre fois peut-être.

Au fond de l'appartement, se trouve son lit. Un lit une place. Son appartement n'est pas assez grand pour le confort et puis, de toute façon, il aime cet aspect de resserrement. Les expressions : « c'est mon petit chez moi » ou « mon cocon » lui conviennent parfaitement.

Il s'assoit sur le lit et enlève son pantalon. Pousse la couette. Se glisse dessous. Se retourne. Deux minutes plus tard, il ronfle déjà.

CHAPITRE 2 : DÉCISION

Le réveil sonne. Il est huit heures. Marc ne travaille pas mais aime se réveiller à des heures convenables. Avoir une vie saine est important. De plus, il déteste par-dessus tout sentir qu'il n'a rien fait d'intéressant dans sa journée ou qu'il a perdu son temps. Il sort de son lit et va directement prendre une douche. Il la prend froide car ça lui glace le sang et le réveille. C'est grâce à cette douche qu'il est en pleine forme dès huit heures. Il met son survêtement en coton rouge. C'est son survêtement de chez lui, qu'il enfile pour être à l'aise. On ne pourrait pas appeler ça un pyjama parce qu'il ne dort pas avec mais ça y ressemble fortement. Il y porte un grand attachement car c'est un survêtement que lui a offert Nathalie, une fille avec qui il a eu une relation de quelques mois. Une relation de si longue durée est rare pour Marc. Premièrement, il est rarement attiré par les femmes. Secondement, celles-ci se lassent rapidement du personnage et ne tiennent pas longtemps dans la chambre de bonne, tant chérie par le jeune homme. L'odeur de cigarette. Le peu d'espace. L'amoncellement de vieilles choses. Les piles dégringolantes de DVDs. Non, généralement elles le quittent au bout d'une semaine. N'y tenant plus. Bien qu'il soit un garçon très gentil et attirant.

Sauf Nathalie. Celle-ci était restée très longtemps mais avait fini par craquer comme les autres. En disant « les autres » ne vous imaginez pas que Marc est un coureur de jupons. Il a eu quelques conquêtes. Voilà tout.

Il met donc son survêtement et garde son peignoir. Puis il remplit d'eau la bouilloire qu'il fait ensuite chauffer. Ne supportant pas le bruit de celle-ci, complètement entartrée, il sort toujours chercher son journal devant sa porte : « Le City Barbès » : c'est un journal de quartier dans lequel il lit les informations concernant les animations du quartier, toutes les petites histoires croustillantes et potins mais aussi les nouveaux projets —jamais mis en place— et autres choses divertissantes. Bien que pas passionné par le contenu du journal il le lit toujours entièrement. Ce qui l'intéresse vraiment se trouve à la fin du journal. Il y trouve les différentes ventes aux enchères prévues pour la semaine sur la capitale et croyez-le ou non mais il y en a un bon paquet.

La bouilloire siffle. Son eau est chaude. Il la verse et place son sachet de thé dans une tasse. En même temps, il réfléchit. Il ne sait pas trop à quoi mais, il se rend compte qu'il réfléchit et que ça a un rapport avec hier. Il ne comprend pas pourquoi il était si fatigué la veille et se dit que le football, tous les soirs, ça devient trop et qu'il faut qu'il trouve un projet de travail sérieux. Cette idée le surprend lui-même. Pour faire plaisir à sa mère et s'amuser un

peu, il lui envoie un texto lui relatant son objectif. Ensuite, il reste assis sur sa chaise à se fixer dans le miroir en pied, à l'autre bout de la pièce, situé entre deux piles de DVDs totalement instables et ne demandant qu'à s'écrouler. Un temps certain s'écoule.
Puis, il se lève brutalement en poussant avec ses mollets sa chaise derrière lui. Il s'avance doucement devant le miroir de façon à se voir entièrement dedans et s'arrête. Il se tourne et se regarde de profil puis revient de face et dit : « Et si je devenais Bogart, moi, pour de vrai ! ». Par Bogart, bien sûr, il entendait les rôles de détectives de ce dernier : Marlowe dans *Le Grand Sommeil*, Archer dans *Le Faucon Maltais* ou encore le capitaine Murdock dans *En marge de l'enquête*, bien moins connu qu'il ne devrait l'être selon Marc. Il réfléchit très rapidement, se dit qu'il possède déjà la silhouette élancée même s'il est bien plus épais que Bogart, qu'il a les cigarettes mais qu'il lui manque des éléments indispensables : le fameux imperméable beige avec ceinture et le Borsalino en feutre gris foncé. Ça y est, les objectifs de la journée sont trouvés : dégoter ces deux vêtements et pour le moins cher possible, qui plus est.
Dix minutes plus tard, il est dans la rue. Il marche rapidement et se rend Rue des Poissonniers où, il le sait d'avance, se trouvent deux ou trois friperies pas loin les unes des autres. Il va au fond de la rue et rentre dans une première boutique. « Le Fourre-Tout », qu'elle s'appelle. Dans sa vitrine, on observe des vieux jeans délavés, des casquettes de motard des années soixante-dix, des blousons en cuir et d'autres attirails. Marc remarque rapidement le rayon où se trouvent les vestes et distingue la rangée « Imperméables ». On ne peut pas vrai-

ment parler de rangée puisqu'il s'agit d'impers noirs entassés dans une grande malle. Il interroge alors d'une voix forte la fille de la caisse accoudée à la caisse enregistreuse et la tête tombante. Elle va, semble-t-il, ne pas tarder à s'endormir.

- Excusez-moi, vous auriez pas un imper beige ? Vous savez le même que celui de Bogart dans Le Grand Sommeil.

Les yeux grands ouverts, la fille le regarde et lui répond qu'elle va aller voir en réserve pour le manteau beige. Aucun commentaire sur la petite blague de Marc, qu'elle n'a, au passage, absolument pas percutée. Elle suppose que c'est une blague que lui a fait le jeune homme parce qu'elle s'apprêtait à s'endormir. Elle le savait. Elle l'avait dit à Martine. « Ne jamais faire la chouïa quand on bosse le lendemain.» Une règle d'or qu'elle ne semblait jamais suivre. Elle revient de l'arrière boutique avec un manteau crème froissé et le pose sur la caisse.

- Voilà, c'est tout ce qu'il va me rester monsieur.

Marc prend l'imper et se dirige devant la glace située au centre du magasin. Il l'enfile. Il est un peu trop grand pour lui. Forcément c'est du XL. Marc est peut-être légèrement rondouillet, mais certainement pas assez pour mettre cette taille. Il noue la ceinture autour de sa taille. Il ressemble plus à Coluche dans *L'inspecteur Labavure* qu'à Marlowe.

- Parfait, songe-t-il à voix basse.

Ici, c'est une friperie. Il n'y a pas d'étiquette. Le prix est au poids. Il pose son article sur la balance.

Elle indique quatre cent cinquante grammes. Il voit, indiqué au-dessus de celle-ci, le prix au gramme en fonction de la matière. Un rapide calcul lui permet de comprendre que cette veste coûte quinze euros et une dizaine de centimes. Banco. Il l'achète. De toute façon, il ne trouverait pas moins cher et il avait besoin de son imper de détective rapidement. Il règle la jeune femme, la remercie et lui souhaite bon courage pour la fin de sa journée. Marc a ce souci de la politesse. Pour lui c'est important et puis c'est le moyen de dire un petit quelque chose de drôle, lui montrer qu'il sait ce qu'elle a fait la veille. Il la plaint. Passer ses journées à vendre des articles alors qu'il y a tant de choses à découvrir de la vie. Elle ne devait sûrement pas avoir vu tous les Bogart.

Il sort, traverse la rue et s'engouffre rapidement chez un maroquinier-chapelier. C'est un vieux monsieur avec qui il est ami. Il aime parler de cinéma avec lui. De plus, ce dernier fait partie des gens qui ont le privilège de venir chez Marc, occasionnellement, quand il est invité. Ce qui reste très rare.

Marc se sent bien dans son magasin, au chaud. « Au comptoir anglais » ça s'appelle. Dans la vitrine : chapeaux en tout genre, maroquinerie, cannes et plein d'autres choses plutôt *british*. L'odeur du cuir ainsi que les différents accessoires plaisent à notre héros. Il s'approche d'une étagère et saisi un chapeau haut-de-forme, aussi appelé chapeau claque. Il le trouve beau. Mais il doit être bien trop cher pour ses faibles moyens financiers. De toute façon, Bogart n'en aurait jamais porter. Ici, le futur détective, a déjà acheté une paire de gants de coureur automobile en cuir noir, et aussi une réplique parfaite de la casquette de Sherlock

Holmes : littéralement appelée : *deerstalker*. Marc sait très bien que Conan Doyle n'a jamais fait porter ce chapeau ridicule à son personnage favori. Les films adaptés qu'il aime sont les derniers avec Robert Downey Jr., parfait pour ce rôle. Les vieux sont beaucoup trop kitchs pour lui. Mais pas question de *deerstalker* concernant Robert. Beaucoup trop ridicule. Cependant, il aime ce côté vieillot et décalé. Er puis lorsqu'on voit un *deerstalker*, tout de suite on pense au détective. Personne n'a jamais pensé à Marie Poppins en voyant cette casquette si singulièrement ridicule. Ou alors, cette personne est dérangée. Il était donc rentré chez lui et avait placé la casquette sur une de ses nombreuses étagères à DVDs. Elle représente parfaitement pour lui l'ambiance qu'il chérit tant. Elle n'a jamais bougé depuis le jour où il l'a achetée.

Mais pour l'heure, ce n'était pas le sujet. Il lui fallait un Borsalino à son tour de tête, gris foncé et de préférence moucheté, en feutre. Il ne fallait pas qu'il soit trop large sinon on allait le prendre pour un gangster, ce que Marc ne désirait pas. Lui, il allait représenter la loi. Il demande donc au vieil homme qu'il connait bien :

- Dis René, tu l'as vu *Le Grand Sommeil* toi ?
- Bien sûr mon petit gars, et au cinéma en plus. J'étais encore môme à l'époque. Pourquoi ?
- Je cherche le chapeau que Bogart a dans le film, tu sais un Borsalino gris foncé. Tu penses que tu as ça ?
- Un Borsalino gris foncé… , répète-t-il comme si ça allait l'aider à se souvenir.

Puis il fonce dans un coin sombre de la boutique et déplace des chapeaux posés sur une étagère. Il revient avec un chapeau emballé dans un plastique nappé de poussière. Le vieux souffle dessus et celle-ci se répand et flotte telle un nuage orageux dans le ciel. Il enlève l'emballage et sort sous les yeux ébahis de Marc, un magnifique chapeau gris foncé. Il est parfait. On voit que René a vu le film ! Il savait de quoi le garçon lui parlait. Ce dernier se jette sur le Borsalino, le met sur sa tête et, s'approche de la glace fixée à un pilier, au milieu de la pièce. Il incline le chapeau sur le devant de sa tête façon « homme mystérieux » et se met à rire. «

- Je le prends !
- Ah oui, il te plaît ? Mais dis moi, pourquoi tu veux cette vieillerie ? Tu l'as déjà portée cette casquette de Sherlock Holmes que tu m'avais achetée il y a quelques mois ?
- Cette vieillerie ? Tu crois que Marlowe a vieilli peut-être ? Non, il a toujours cette même classe et tenue de gentleman. Le Borsalino c'est pour Marlowe, pas pour Indiana Jones. Si tu associes ce chapeau à Indiana Jones alors oui, il a vieilli mais seulement parce que Harrison Ford a vieilli. Faire des cascades dans les montagnes à soixante-dix balais ! Et puis quoi encore !?
- Marlowe, Indiana Jones, quelle est la différence, c'est du cinéma tout ça ! Tu vas vraiment le porter ce chapeau ?
- Oui et pas que le chapeau, regarde ce que je me suis trouvé : un imperméable de détective.

Il sort le manteau du grand sac en plastique et le place devant lui.

- Okay, okay, je lâche le morceau puisque monsieur veut tout savoir. Voilà, ça peut paraître fou, mais je vais lancer, à mon compte, ma propre boîte

de détective privé.
- Ah oui ! Quand même ! Effectivement, ça peut le paraître. Venant de toi, je m'attendais à tout mais de là à devenir flic…
- Pas flic ! Détective !
- Mais, est-ce-que c'est autorisé par la loi au moins ?
- Bien sûr, t'as pas vu le dernier film avec Ryan Gosling ? *The Nice Guys*. Tu sais, celui où il s'invente détective et foire toutes ses missions. —Un bon film soit dit en passant— Bref, c'est pas le sujet, si lui réussit, franchement je peux aussi.
- Mais c'est un film Marc !
- Tu n'es qu'un vieux grincheux pessimiste René. Les films ont toujours copié et continuent encore à copier la vie. Réveille-toi un peu.

Il jette un oeil sur sa montre et voit qu'il est déjà onze heures trente. C'est fou comme le temps passe vite quand on a des impératifs.

- Bon, c'est pas le tout, mais j'ai une journée bien remplie, il faut que je te laisse. Tu me le fais à combien ce Borsalino ?
- Allez, va pour trente-cinq euros parce que tu es mon client favori : totalement barré mais attachant.
- Trente-cinq euros… Pas de problème.

Il sort deux billets de vingt de son portefeuille en cuir marron, abîmé par l'usure. Le vieux commerçant lui rend sa monnaie en petites pièces. Il déteste, comme tous les bons commerçants, les pièces. Les billets, rien de tel pour voir d'un coup d'oeil si on a fait un bon chiffre d'affaires dans la journée. Marc prend son deuxième achat, le met dans son sac plastique et se dirige vers la sortie.

- Salut pépé, lui lance-t-il amicalement. Le vieil homme sourit et part ranger ses chapeaux et mettre un peu d'ordre dans son arrivage de sacoches de motard, toutes plus extravagantes les unes que les autres.

Le jeune homme est heureux. Il a ses outils de travail. Son projet se concrétise. Il rentre en vitesse chez lui et se prépare des pâtes. Il est mort de faim. Cette matinée lui a ouvert l'appétit comme s'il avait joué au football. Tiens à propos de foot, dimanche c'est la finale. Ça ne se rate pas !
Il mange ses spaghettis au pesto tout en réfléchissant à ce qui lui reste à faire : repasser son impair, donc passer chez les parents, créer une carte de visite renseignant son nom, son prénom, son numéro de téléphone et son adresse. « Tout détective débutant commence comme cela avant d'être connu et reconnu. » dit-il pour lui. Autre chose importante : changer l'enregistrement de son répondeur, histoire d'être un minimum crédible. Ensuite, il lave son assiette et ses couverts et sort de son frigo un yaourt à la noix de coco. Ce parfum lui indique qu'il n'y a plus de yaourt car Marc, comme beaucoup d'enfants, laisse le yaourt qu'il aime le moins pour la fin et il se trouve que c'est celui à la noix de coco. Il a horreur des morceaux de coco qui se coincent entre les dents. Encore pire que le *Bounty*. La date indique le quatre novembre. Périmé depuis cinq jours. Pouvant se manger encore une semaine après la date de péremption, Marc le mange, debout, adossé à son évier. Après, il se prépare un thé vert. Il sait que ce détail l'éloigne du détective. Il se sent fragile, vulnérable, à côté de la plaque avec son thé vert. Parce que oui ! Qui dit

détective dit whisky et non pas thé vert. C'est sa petite honte. Il a essayé de se mettre à la boisson alcoolisée et a même acheté une flasque chez René. Mais rien à faire. Il n'y arrive pas. Tous les alcools : la vodka, le gin, le rhum, le fameux martini dry de Bond et même le whisky, boisson préférée de Marlowe, rien ne passe. Ils lui donnent la nausée. C'est donc thé vert ou, à la rigueur thé noir.

Marc va dans le fond de sa chambre et soulève un drap placé sur une petite étagère. Le drap blanc le faisait rire, posé comme ça on aurait dit une scène de meurtre. En dessous se trouve un vieil ordinateur avec tout l'attirail : écran cathodique, tour, clavier, souris et tous les câbles emmêlés qui vont avec. Un ordinateur qu'il a trouvé pour pas cher lorsqu'il avait vingt ans, dans un vide-grenier. Il pose sa tasse de thé fumant sur la table, s'agenouille sur son lit et commence à taper son nom sur le traitement de texte *OpenOffice*. D'abord, en majuscule, puis en gras, puis en minuscule, en italique…non pas assez visible. Finalement, ça sera en majuscule. Ensuite, il hésite tout de même à mettre un peu d'italique, ce qui, trouve-t-il, donne un aspect mystérieux. Il réfléchit ainsi pendant de longues heures et passe son temps à écrire et effacer. Il est deux heures et trente-cinq minutes. Il n'a pas vu le temps passer et a même oublié sa séance de foot. Il faudra qu'il s'excuse lundi auprès du coach. Il s'étire en bâillant. Sa carte de visite est enfin prête. Le jeune homme en imprime ensuite plusieurs pages et va se coucher. Demain matin, il s'occupera d'enregistrer une phrase infaillible sur son répondeur.

Le lendemain matin, il se lève à neuf heures et demie. Son réveil n'a pas sonné. Une fois de plus, il s'agit d'un objet qui doit dater de vingt voire trente ans donc c'est explicable. Il déjeune et lit en quatrième vitesse son journal.

Ce matin, il doit faire beaucoup plus vite pour le répondeur qu'hier pour la carte, sinon il ne sera jamais détective ou alors dans dix ans. Il prend son téléphone fixe et détaille du regard les touches à moitié effacées. Au bout de quelques minutes, il trouve la touche qui l'intéresse. Il appuie longtemps dessus et une voix féminine résonne dans la pièce : « Pour que le répondeur n'affiche plus votre nom taper un, pour changer votre répondeur taper deux, pour réinitialiser... ». Marc appuie sur le deuxième bouton du clavier. La voix lui annonce qu'après le *bip* sonore, il faut qu'il dise sa phrase. Dès lors, il panique et se dit qu'il n'a pas du tout réfléchi à quoi ressemble un répondeur de privé. « BIP » Marc essaie mais est déçu par sa voix lorsqu'il écoute l'enregistrement. Il fait plusieurs versions. Sans grande satisfaction. Puis, il rédige une phrase au crayon à papier sur un bloc note et la dit. Après avoir refait la manipulation, d'une voix intelligible et grave il énonce sa phrase. Ce sera « Vous êtes bien chez Marc Touaine, détective privé rapide, efficace et sérieux pour affaires en tout genre. Laissez-moi vos coordonnées je vous rappellerai. »
Marc détestait donner son nom, à cause de la blague sur Mark Twain. On la lui faisait tout le temps. Sa mère était passionnée de ses romans, en particulier le fameux : *Les Aventures de Tom Sawyer*. Epousant un homme du nom de Touaine, elle s'était sentie obligée d'appeler son fils ainsi. Marc, lui, trouvait ça ridicule. Mais pour sa carte de visite et son répondeur, cela faisait plus sérieux

et professionnel de mettre son nom de famille. De plus, les gens ne feraient pas tous le rapprochement. Tout le monde ne connaissait pas Mark Twain. Du moins, on pouvait l'espérer.
Il appelle sa mère et lui propose de venir déjeuner le midi. Elle accepte et lui demande de ne pas venir trop tard. Pour Marc, cette demande tenait plutôt de « la proposition qu'on ne peut pas refuser » de Don Corleone que de la véritable proposition. Même si, bien entendu, il n'aurait pour rien au monde assassiné sa mère. A part, peut-être s'il avait eu le moyen de changer de prénom. Une sorte de petite vengeance. Mais non, à y réfléchir, Marc était beaucoup trop attaché à celle-ci. Et heureusement que c'était ainsi. Après avoir pris soin d'éteindre son ordinateur et nettoyer sa tasse, il prend son imperméable et sort de chez lui.
Arrivé devant la porte de l'immeuble de son enfance, il appuie sur la sonnette en face de l'étiquette « TOUAINE ». La porte s'ouvre. Il pousse, monte les quelques marches, tourne dans le couloir à droite et voit au fond du couloir une porte ouverte avec de la lumière artificielle qui en sort : la porte de l'appartement de ses parents. Il rentre en fermant la porte derrière lui. Sa mère l'embrasse. Puis, c'est au tour de son père.

- C'est ton linge sale ? demande Gisèle, sa mère, en désignant d'un léger geste de tête, le sac en plastique.
- Non, non t'inquiète pas maman. Mon linge, tu sais maintenant je le lave tout seul, comme un grand. Et bientôt, de toute façon j'aurais une machine à laver.
- Bah oui, bien sûr, ironise son père depuis le salon.

- Mais alors, il y a quoi dans ce sac, Marc ? Un cadeau ? demande Gisèle curieuse.
Le fils explique à ses parents qu'il s'agit d'un imperméable qu'il a acheté pour pas
cher et qu'il voudrait le repasser après le repas. Sa mère accepte, lui demandant quand même si, par précaution, il ne préfère pas qu'elle s'en occupe. Marc refuse.
La famille mange autour de la même table ronde que lorsque Marc était enfant. Chacun, toujours à la même place. Personne ne parle. Tout le monde déguste le gratin de pâtes préparé par Robert, le chef de famille. Et oui, dans cette famille, l'homme cuisine aussi. Aussi, parce que, à part les pâtes, Robert ne sait pas préparer beaucoup de choses, ou plus précisément rien d'autre que les pâtes : pâtes à la carbonara, pâtes au saumon, pâtes en gratin… Gisèle doit donc s'atteler souvent aux repas pour éviter les constipations en tout genre.
A la fin du repas, pendant que Robert débarrasse la table —quel homme merveilleux n'est-ce pas ?—, Gisèle interroge son fils :

- Dis-moi, c'est quoi cette histoire de projet sérieux dont tu me parlais dans ton message l'autre jour ?
- Tu vas être fière de moi, maman ! Hier, j'ai eu la révélation. Je sais depuis tout petit ce pour quoi je suis fait, mais je n'avais jamais pensé à réaliser mon rêve.
- Ton rêve ? Tu m'as parlé de travail sérieux !
- Écoute-moi. Je suis en train de te dire que je vais devenir détective privé. Je vais pouvoir enfin faire ce qui me passionne : aider les gens.
- Détective ? En France ? Et au XXIème siècle ! Laisse-moi rire.
- Roger, tais-toi ! Mon amour, tu plaisantes de moi,

tu ne peux pas devenir détective…
- Je le savais. De toute façon, c'est toujours la même chose avec vous. Vous ne croyez jamais en mes capacités. C'était pareil, y'a quatre ans.
- Tu voulais devenir le nouveau Zinedine Zidane en même temps…
- Ça suffit, Roger ! Puisque Marc pense avoir les capacités après tout … laissons-le se rendre compte par lui-même de l'absurdité de son nouveau projet. Il est grand maintenant. Où tu vas ?
- Repasser mon imper Marlowe.
- Ton imper quoi ?
- Marlowe !!!
- Ah oui ! Je l'avais oublié celui-là. rétorque le père, hilare.
Marc se dirige vers la porte d'entrée et tourne dans le couloir sur la gauche. Puis, on entend la porte claquer violemment. Quelques cris plus tard, Marc sort de la pièce, se soufflant sur la main gauche, son manteau repassé sous le bras opposé. Il lance « A plus la famille Touaine et sans rancune ! Ah maman ! Je t'ai emprunté ton Germinal.»
La jeune femme du métro lui a donné l'envie de le lire. Il avait vu l'adaptation cinématographique de Claude Berri et trouvait le sujet intéressant mais n'avait jamais pensé à s'atteler au bouquin.
Il rentre rapidement chez lui, les mains dans les poches de son sweat-shirt, sort son trousseau de son jean, rentre dans l'immeuble, grimpe les marches deux par deux, ouvre sa porte, la referme avec le pied et court vers le répondeur. Aucun message pour l'instant. Il prend les feuilles de papiers imprimées la veille et découpe proprement ses cartes de visite. Ce travail achevé, il ressort avec ses cartes à la main, l'imperméable sur lui. La première étape de son travail commence. La tête

haute, il distribue ses cartes avec une fierté sans nom. Au début, il se demande où il doit les déposer. Puis, il pense que le mieux sera de les déposer dans des endroits fréquentés. D'abord, il va donc dans la boulangerie qui fait le coin de sa rue. Puis, il se rend chez les deux vendeurs de journaux de son quartier. Ensuite, il se dirige dans la rue perpendiculaire et rentre dans l'Office de tourisme. Sur la chemin du retour, il colle même une de ses cartes sur la vitrine d'un commissariat, à la fois pour rigoler mais aussi par défi. «A celui qui sera le meilleur » prononce-t-il tout bas. Les dernières cartes qu'il possède, il les met dans des boîtes aux lettres devant lesquelles il passe sur le chemin du retour. Après, il rentre chez lui, s'assoit sur son lit. Il est déjà seize heures. C'est fou comme le temps passe vite. Mais il est heureux, son travail de préparation est fini. Ça y est. Il l'est. Il est détective. Il tourne le regard vers sa table de chevet et voit le livre qu'il a pris à sa mère. *Germinal*. Il le prend, s'allonge et l'ouvre. Bien sûr, il saute tous les commentaires et rentre dans le vif du sujet.

« *Dans la plaine rase, sous la nuit sans étoiles, d'une obscurité et d'une épaisseur d'encre, un homme suivait seul la grande route de Marchiennes à Montsou, dix kilomètres de pavé coupant tout droit, à travers les champs de betteraves* ».* Marc est lancé.

Une autre époque. D'autres lieux. D'autres problèmes. Différents de ceux auxquels il est confronté tous les jours. « Lesquels ? » demanderez-vous ? Eh bien, sachez qu'à ce jour, je n'ai aucune réponse à vous donner.
A part, peut-être, qu'il a six cents cinquante pages

devant lui, ou plutôt sur sa droite. Quatre heures durant, il lit sans s'arrêter puis, se rend compte de l'heure, éteint la lumière et se couche. Comme souvent, presque aussitôt, il dort.

---

* *Germinal*, Emile Zola, 1885

CHAPITRE 3 :
ENNEMIE N°1 : PATIENCE

Ce matin, Marc se réveille de bonne humeur et sort vivement de son lit. Il est sept heures et sept minutes. Le réveil n'a pas eu encore le temps de sonner. Notre héros est impatient. Il se surprend lui-même. Il a envie de travailler, envie de réfléchir et de se poser des questions, envie d'aider les gens qui l'entourent. Mais pour l'instant toujours aucune demande. Il se dit que rien ne sert de passer son temps à attendre et commence à s'organiser un petit bureau de travail à l'endroit où se trouve son ordinateur. Mais c'est vite fait. Il décide ensuite, de reprendre Zola, mais il n'a pas la tête à ça. Les problèmes il veut bien, mais il veut les résoudre lui-même.

Marc reste donc plusieurs heures allongé sur le dos, les bras croisés derrière la tête, à contempler le plafond. Il se dit que si ça continue comme ça, il va encore devoir changer de métier. Que footballeur soit un peu excentrique comme projet, il en

convenait mais détective, ça non. Tout le monde pouvait en avoir besoin et lui était bon dans cette branche. Non, il ne lâcherait rien. Il fallait être patient, voilà tout. Seulement, Marc et la patience n'étaient pas de grands amis. Marc, dans toutes les situations qui soient, n'a jamais su attendre. Il aime observer et agir. Souvent, on ne comprend pas que ces deux actions sont compatibles. Ce n'est pas parce qu'il regarde tout le temps des films, qu'il doit pour autant être un mou du genou. Passez-moi l'expression, messieurs-dames. C'est sa nature, point. De plus, pour lui, regarder un film, et surtout un « noir » comme il les appelle, ce n'est pas de tout repos. Crime en tout genre. Confusion dans les personnages jusqu'à ne plus savoir qui est qui. Atmosphère grinçante. Relation sanglante. Non, il n'y a pas à rechigner, c'est tout un sport, une gymnastique de l'esprit.
Seulement, là, notre ami, ne voulait pas de films. Il voulait une mission. Une mission qu'il pourrait accomplir lui-même. Jamais il n'aurait pensé ça mais, il en avait marre de s'identifier et voulait … ETRE.
Au déjeuner, il mange sans grande conviction, le regard fixant le téléphone. Comme si celui-ci allait sonner rien qu'en le regardant. Puis, il retourne se coucher dans la même position que le matin. Il s'ennuie. Et ce, jusqu'à une heure avancée puisqu'il est maintenant dix neuf heures et quarante cinq minutes. Marc se redresse dans son lit, d'un mouvement mécanique. Le moral lui revient.
Ce soir, c'est la finale de football. Il l'avait presque oubliée celle-là ! Il se lève et va jusqu'au frigidaire. Il en sort une pizza maxi champignons — son petit péché mignon — arrache le plastique avec les dents et l'insère dans le four. Dix minutes

de cuisson seulement et dix minutes d'attente avant le début du match PSG contre OM. Tout coïncide parfaitement. En bon parisien, Marc a toujours soutenu le PSG même s'il lui arrive de s'énerver contre certains joueurs qu'il trouve insupportables. « De vraies fillettes, certains. »
Ça sonne. Marc se précipite sur le téléphone. Vous aussi vous y avez cru ? Eh non, ce n'est que le four. Il va chercher sa pizza et s'installe dans son fauteuil en daim rouge. Il remonte le plaid plus si doux que ça jusqu'à son menton, pose l'assiette sur ses genoux, prend la télécommande et sélectionne le canal quatre. On entend le jingle de la chaine télé, annonçant le début du match. Ça commence tout juste. Marc a pris soin de poser un verre d'eau à côté de son fauteuil. Engueulant ou acclamant comme personne les joueurs, Marc avait pris cette petite habitude pour éviter les extinctions de voix les lendemains de finale. De plus, il le savait. La soirée serait longue.

Le lendemain matin, notre héros décide de se reprendre en main et de ne pas se laisser abattre comme la veille. Il décide donc de se rendre, comme tous les lundis, à la médiathèque de Paris. Il déjeune rapidement, enfile son équipement de détective et s'engouffre dans les souterrains de Paris. En descendant les escaliers, il lui semble voir la fille au bouquin. Il songe d'abord à une hallucination puis se dit qu'elle habite peut-être dans le quartier. Dans ce cas, elle rentrerait bien tard chez elle. Il en conclut donc, qu'elle doit travailler dans le coin. Vraiment, il ne comprend pas pourquoi cette jeune femme l'attire tant, ni ne s'explique ces étranges rencontres faites comme par hasard.
Une fois dans le coeur de la Big Apple française,

Marc se rend à la médiathèque. Il apprécie l'important fonds littéraire et cinématographique mais déteste le fait que cette dernière soit tout le temps bondée. C'est pourquoi, il vient très tôt, dès l'ouverture. Il se dirige directement vers le rayon des films, au casier « Nouveautés ». Il regarde et voit que la structure a fait le plein de ce qu'il appelle « des grosses conneries divertissantes » c'est-à-dire des films qui se regardent mais dont quant à lui, il ne vanterait pas le mérite. Il semble aussi y avoir des bons films. Il voit un policier de Christopher Macquarrie, le scénariste absolument génial de *Usual Suspects*. Un film avec Tom Cruise. Il le prend. Ça s'appelle *Jack Reacher*. Il ne connaît pas. C'est adapté d'une série de romans, un peu à la James Bond, mais le héros est un policier militaire. Marc se dit que ça va le changer et qu'il aimera sûrement. Et puis, Tom Cruise peut être un bon acteur. Il a quand même joué dans un très bon Kubrick ! Alors pourquoi pas. Pas d'avis préconçu !

Ensuite, Marc regarde au rayon policier les nombreux films. Il s'indigne toujours devant le fait qu'il n'y ait pas de rayon spécialisé pour les films noirs. Ils le méritent amplement. Il en a parlé au responsable de la médiathèque mais celui-ci l'a pris pour un maniaque du rangement et l'a prié d'aller gentiment enregistrer ses articles à la borne sans faire d'histoires.

Tout à coup, il voit *Le Grand Sommeil*, il le tire du compartiment, rien que pour le plaisir de le voir, le sourire jusqu'aux oreilles. Il connaît ce film et le possède chez lui. Mais là, surprise. Sur la jaquette au lieu de Bogart dans son imper beige, avec son chapeau gris, la clope dans une main, le flingue dans l'autre et face à lui la magnifique Lauren Bacall, au lieu de ça : Mitchum, seul, et sans allure.

« Mitchum dans *The Big Sleep* ? Mais qu'est-ce que c'est que cette connerie ? » dit-il à voix moyennement basse. Il tourne le DVD dans sa main et lit le synopsis. C'est écrit qu'il s'agit d'un remake du film de 1946. Dans la tête de Marc gravite une simple petite question : « A quoi bon refaire un film parfait ? A part pour confirmer qu'on ne peut pas faire mieux, bien sûr ? ». Il n'avait jamais fait face à une telle absurdité. Même lorsqu'il avait visionné *Les Passagers de la Nuit* avec Bogart et Bacall, il n'avait pas été si déçu. Ce film l'avait affecté car Bogart joue le rôle d'un gangster qui s'évade. Pour Marc, c'est impossible. Bogart c'est du cent pour cent gentil, la bonté même, la crème de la crème des flics, assoiffé de vérité et de justice. En vérité, lorsque l'on voit la filmographie complète de l'acteur, on se rend compte que ce n'est pas vraiment le cas. J'ai dû vous le dire, Marc est légèrement buté. Et puis si je ne l'ai pas fait auparavant, maintenant c'est le cas. Il était aisé de s'en rendre compte. Je ne m'inquiète pas pour ça.
Le jeune homme est partagé entre voir le remake pour s'en moquer ou tout simplement l'ignorer. Il choisit la deuxième option, repose le DVD, enregistre *Jack Reacher* et repart.

Une fois de retour chez lui, il se fait un thé, allume la télévision et insère son film dans le lecteur. Il jette un coup d'oeil sur le téléphone et voit le chiffre « 1 » qui clignote sur l'écran. Il se précipite, appuie sur le bouton « play » et écoute avec beaucoup d'attention. Il soupire. Ce n'est qu'un canular d'enfants, certes drôle mais cruel. Marc avait attendu longtemps ce coup de fil et il s'attendait à quelque chose de concret. Un effet d'ascenseur émotionnel se produit dans la tête de notre héros. Il

se place dans son fauteuil et n'en bouge plus pendant deux grosses heures. « Ce film est vraiment bien. C'est étrange que je n'en ai pas entendu parler. »
Marc a trouvé l'histoire très bien ficelée et le coup de la pièce dans le parcmètre habile. Il fallait y penser. Seul petit problème : quand apprendra-t-on à marcher à Tom ? Il est beau gosse certes, mais ne devrait pas autant rouler des mécaniques. Faut jamais oublier sa taille. Surtout quand on mesure un petit mètre soixante.
Pendant le générique de fin, que Marc a pour habitude de toujours regarder, par respect pour ceux qui l'ont fait, il entend frapper à sa porte. Il met le film sur pause et lance un « J'arrive ». Un peu stressé, il regarde tout autour de lui pour vérifier que tout est présentable. Ça devrait aller. Ce que se demande actuellement Marc, c'est qui est cette personne. Un seul et unique moyen de le savoir : ouvrir la porte. Évident. C'est ce que fait Marc. Il se retrouve face à deux petits bonshommes singuliers qui n'ont pas leur place ici. Cependant, Marc ne voit pas du tout, où ils pourraient être à leur place.

- Oui ? Que puis-je pour vous messieurs ?
- Alors voilà, moi c'est Pascal et voici mon ami Patrice et nous... *
- Pour commencer, je suis Pascal et lui Patrice, répond l'autre en lançant un regard noir à son acolyte.
- Nous sommes comédiens. Je ne sais pas si vous nous avez reconnus ? Nous jouons dans une pièce, ma foi plutôt à succès.
N'ayant pas de réponse de la part du détective il continue :
- Monsieur Touaine, nous avons vu votre carte

chez notre marchand de journaux. Nous sommes ici car nous allons jouer bientôt. Ce soir a lieu la première. Dans exactement une heure. Seulement, il nous manque un accessoire. Nous avons perdu la pomme. Perdu n'est pas à proprement parler le bon mot. Je soupçonne que ce soit quelqu'un de la troupe qui l'ait subtilisée. C'est pourquoi, monsieur le détective, nous souhaitons vous engager pour que vous retrouviez cette pomme au plus vite.
- Vous adaptez Blanche Neige, je me trompe ?
- Non Monsieur vous vous méprenez ! répond le premier. Il s'agit de Ruy Blas : La Comédie Musicale.
- Mais là n'est pas la question ! tranche le dénommé Pascal. Vous allez nous aider n'est-ce pas ?
- Messieurs, vu l'heure tardive à laquelle vous devez jouer votre spectacle, je suggère que vous rachetiez une pomme. Nous pouvons dire avec certitude, qu'à cette heure-ci, votre pomme a dû être mangée par un petit coquin, si vous voyez ce que je veux dire.
- Pascal, je pense que cet homme a entièrement raison.
- Tout à fait. Monsieur, sachez que je vous suis très reconnaissant. Nous allons procéder de la sorte.

L'homme sort son portefeuille et tend un billet de vingt euros à monsieur Touaine. Ce dernier hésite. Mais après tout, il a aidé ces deux pauvres malheureux et puis il fallait faire les courses. Il prend donc le billet et salue les deux hommes.
- Quels personnages ces deux-là ! Marc prépare ses affaires et sur le chemin pour se rendre au foot, il se demande à quoi peut bien ressembler leur

spectacle. Un vrai fiasco certainement. Auquel il aurait aimé assister.

Arrivé dans les vestiaires, Marc salue toute l'équipe. Il s'ensuit l'humeur habituelle des vestiaires : blagues macho à foison et discussion sur le match de la veille.

Ensuite, le coach arrive et après un entraînement bien fatiguant, ils commencent à jouer. Deux équipes. Marc est avec Olivier et Jean, deux de ses amis. Le premier est celui qui lui a réparé son téléviseur, vous vous souvenez ? Et Jean est un ami de longue date avec qui, il a toujours aimé parler des matchs.

Ils vont gagner la première mi-temps. Notre jeune sportif en a la conviction. Et peut-être bien la deuxième aussi vu la façon de jouer de leurs adversaires. Ils ne sont pas concentrés. Aucune tactique apparemment adoptée.

---

* Personnages issus de la pièce de théâtre En Attendant la représentation, Paul Déglar et Vincent Petit, 2016

CHAPITRE 4 :
PREMIÈRE MISSION

On est mardi. Marc se lève. Il a un peu mal aux jambes. Ils ont gagné mais il a fallu qu'il donne de sa personne. Il se prépare un petit déjeuner bien copieux, prend sa douche, fait un peu de ménage sur sa table et lave la vaisselle de la veille et du matin. Ensuite, il s'apprête à aller chercher son livre mais le téléphone sonne. Il va décrocher.
- Allo ?
- Oui bonjour, vous êtes bien monsieur Touaine ? Le gentil monsieur de l'autre jour qui est venu déposer ses cartes chez moi ?
- Pardon ? Qui êtes-vous ?
- La boulangère. Monsieur le détective, j'ai besoin de vous.
- Ouiii !! Tout à fait ! Veuillez m'excuser. Expliquez-moi votre problème Madame.
- Voilà, il y a tout juste deux minutes, je servais une cliente et deux morveux en ont profité pour me voler tous les petits sachets de bonbons situés devant ma caisse.

- Comment étaient-ils ? Je veux dire physiquement.
- Je ne saurais vous dire précisément. Ils avaient entre huit et dix ans. Ah si ! Il y en avait un qui portait une casquette. Oui, je m'en souviens. Et l'autre avait un pantalon rouge et une veste de la même couleur. On aurait dit le diable en personne. Tous les deux portaient des sacs à dos.
- Ils ne doivent pas être loin. Je m'en occupe. Ne vous inquiétez pas surtout. Vous avez bien fait de vous adresser à moi.

Marc enfile son manteau beige. Il prend soin d'ajuster son chapeau dans son miroir et sort de chez lui. Il bougonne, descendant l'escalier à toute vitesse, il est déçu par sa première mission. Mais, il y va. Il voit à travers la porte d'entrée, deux jeunes enfants qui correspondent au signalement. Il bondit sur la porte et tire. Elle résiste. Il fait un pas en arrière et appuie sur le bouton « ouvrir ». En même temps, il tire sur la porte. Cette fois-ci, elle s'ouvre. Il se précipite dans la rue et tourne à gauche. Les deux gamins, correspondent parfaitement à la description : sac à dos, casquette et survêtement rouge. Ils se tiennent à quelques mètres du jeune détective. Ils marchent d'un pas nonchalant pour des voleurs. On voit bien que ce sont des amateurs. Tant mieux, pour une première mission, Marc préfère ne pas avoir affaire à des professionnels expérimentés dans le crime. Des professionnels de casse de bonbons ? Oui, oui, ça existe. On voit de tout de nos jours.. Je vous assure.

Pour le coup, face à ces enfants, il était sûr de ne pas prendre trop de risques. Aucun doute, ce sont eux. Ils se tiennent courbés, les yeux rivés sur leur butin. Marc opte pour une course rapide mais sans bruit. Ses bras frottent contre son imper. Ce frottement le brûle. Marc se rend compte que l'imper-

méable n'est pas le manteau idéal pour la course. Il le gêne au niveau des jambes et l'empêche de courir à sa vitesse maximale. Mais il est tout de même très vite arrivé. N'oublions pas qu'il s'agit d'un sportif né.
Une fois devant les enfants, les dominant de plusieurs têtes, il leur crie tout en brandissant une carte de visite, sortie de sa poche : « Alors…bande de petits morveux, on vole une pauvre boulangère ?? ».
Il n'avait pas été très inspiré pour ce qui était de les nommer. Le terme « les enfants » ne faisait pas assez sévère et « les petits cons » un peu grossier pour des jeunes de dix ans. Il avait donc choisi la solution facile : reprendre l'expression de la boulangère.
Les enfants regardent leurs chaussures. Marc leur explique qu'il ne fera rien contre eux si seulement ils vont chez la boulangère pour rendre les bonbons et s'excuser. Face au physique impressionnant de Marc, les enfants se plient à sa volonté. Ce dernier lève le bras et pointe le doigt en direction de la boulangerie. Les moutards, les bras ballants, se rendent à la boulangerie suivis de Marc. Après un moment, la boulangère ayant grondé les petits malfrats, ceux-ci ressortent de la boulangerie puis se mettent à courir. Marc pense que leurs parents les attendent sûrement. Mais, il regarde l'heure et voit qu'il est midi et demi. Ce qui veut dire que c'est la pause déjeuner donc normalement ces jeunes auraient dû être à l'école et devraient être dans le réfectoire du primaire, connu de tous pour sa nourriture immonde et son niveau sonore de plus de 89 décibels.
« Décidément la jeunesse…Moi à leur âge… » Puis il se rappela, que lui, à cet âge-là n'était pas

franchement mieux. Il ne finit donc pas sa phrase et sortit de la boulangerie après avoir salué la gérante.

Envahie par une désinvolture mensongère, Marc s'allume une cigarette. Elle lui fait du bien, le réchauffe. Dehors, la température baisse et le vent souffle. Il relève le col de son manteau et réajuste son chapeau. Il ne manque plus que la nuit profonde pour avoir une scène de film noir : le détective qui fume, mystérieux, s'interrogeant sur le sens de sa mission. La sienne n'en avait clairement aucun. Mais bon, c'était une mission comme une autre après tout. Par contre, il n'avait pas su quoi répondre lorsque la boulangère lui avait demandé combien il attendait en retour. Il avait donc répondu « c'est gratis » Le problème est qu'il n'allait pas travailler gratuitement tout le temps. C'était son travail après tout. Il n'avait pas encore songé à ça mais il fallait qu'il ait des tarifs précis. Le SMIC lui suffirait amplement : sept euros cinquante trois de l'heure. Quoiqu'il y ait plus simple : dix euros de l'heure. C'était moins difficile pour les clients et plus lucratif pour lui. En plus, ça serait plus honnête. C'est un métier à risques tout de même.

Le réveille-matin sonne (et je ne fais pas allusion à la chanson de qui vous savez). On est jeudi. Marc se lève avec énergie. Le foot d'hier ne lui a pas plu. Trop de tacles et pas assez de technique à son goût. Une nouvelle journée commence. Il ramasse son journal situé devant la porte et le pose sur la table. Il verse l'eau chaude sur le sachet de thé et regarde l'eau changer de couleur. Il commence à feuilleter, à parcourir les nouvelles et s'arrête sur le bas de la quatrième page. Un article parle de lui. Le titre :

« Un détective fait régner l'ordre dans son quartier, une boulangère en parle ! » La vieille dame fait son éloge, mais le journaliste se moque de Marc. Il s'en rend bien compte. Cependant, il se fiche éperdument de cet homme arrogant. C'est de lui dont on parle dans le journal. A vingt-cinq ans, c'est pas mal. Et, qui plus est, pour sa toute première mission ! Peut-être même que ça l'aidera à avoir des clients, le journal du quartier étant lu par beaucoup de gens. Il ne tient plus en place. Il n'a qu'une envie c'est d'aller se vanter, comme un petit garçon qui a eu pour la toute première fois la meilleure note de la classe. Il court chez René et rentre en trombe dans son magasin.

- Salut pépé d'amour. Alors t'as vu ?
- Quoi donc, junior ?
- Eh bah ! Tu n'as pas lu le « City Barbès » ?
- Ah non. Tiens c'est étrange, il est dix heures moins le quart et le facteur n'est toujours pas passé. D'habitude, il arrive dix minutes après que j'ai ouvert le store.
- Effectivement, c'est étrange.
- Mais, qu'y a-t-il de si grandiose dans le journal pour que ça vaille la peine de venir aussi précipitamment? Avec certes ton imper et ton chapeau, mais si je ne m'abuse encore en pyjama en dessous…
- Tiens, regarde l'article du bas de la page quatre.
- Un détective fait régner l'ordre dans son quartier, une boulangère en parle ! Tiens qu'est-ce que c'est que ça. C'est toi ?
- Oui, c'est pour ma toute première mission. Elle a eu lieu hier. Alors ? Il me semble que tu disais que détective était un métier obsolète. Eh bah, non mon petit René et la preuve est sous tes yeux. Sans moi,

cette pauvre dame aurait été volée et personne n'aurait jamais retrouvé les responsables.
- Si, la police. Avec le signalement.
- Le signalement, le signalement. Que dalle. C'est pas une semaine après le délit que l'on retrouve des voleurs. C'est impossible. Moi, j'étais prêt à bondir directement sur les lieux et je les ai chopés presque sur la scène du crime avec des preuves plein les mains. Ça, c'est ce que j'appelle un plan qui se déroule sans accro, comme dirait le colonel John « Hannibal » Smith. Allez, je te laisse. Le détective Touaine a sûrement du pain sur la planche qui l'attend sur son répondeur.
- Bonne journée, détective Touaine, répond René, sourire aux lèvres.

Sorti de la boutique du vieux monsieur, Marc inspire l'air frais de cette journée ensoleillée. Il se demande quelle sera sa prochaine mission. En tout cas il espère franchement qu'elle sera plus intéressante et plus gratifiante que la première. Il aimerait enquêter sur des trafics d'alcool ou de drogue comme dans les polars des années quarante. Pour le trafic d'alcool, il se dit très vite que cela ne va pas être possible. Le temps de la prohibition est, malheureusement —pour lui—, révolu. Par contre, pour ce qui est de la drogue, le détective pouvait avoir une enquête en rapport au sujet. Les drogues sont si variées et si nombreuses de nos jours. Marc en compte de tête une vingtaine : haschisch, ecstasy ou MDMA, cannabis, crack, héroïne, cocaïne, kétamine, méthoxéthamine, amphétamines et les fameux champignons hallucinogènes. Si ces noms lui sont venus aussi rapidement c'est qu'il a vu la semaine précédente un documentaire sur l'effet des drogues dures sur l'homme. Il n'a donc que, le mé-

rite d'avoir retenu ce qu'il a vu et entendu. Mais c'est déjà bien ! Ne le jugeons pas sans cesse comme ça !
Il s'y connaît donc un peu en drogues mais ignore tout des quartiers où elles se vendent ainsi que des gros dealers de la capitale. Et puis, depuis les trente glorieuses, le trafic de drogue a eu largement le temps de changer. Il n'était donc pas plus calé qu'un policier, sur ce type de mission. Mais lui, il lui fallait de la vraie enquête. Avec de la réflexion. Pas des interrogatoires à gogo ou des courses poursuites à tout bout de champ.
Pendant qu'il est est train de monter les dernières marches de l'escalier, Marc reconnait la sonnerie de son téléphone. Il continue son chemin à toute vitesse. Dans le même temps, il sort le trousseau de sa poche. Arrivé devant la porte d'entrée, il introduit la clef dans la serrure, toune deux tours, pousse violemment une autre porte, traverse la pièce et saute littéralement sur le combiné.

- Détective Touaine à votre service
- Salut mon poussin. C'est maman. Je viens de voir l'article dans le journal…J'ai pensé à toi et je tenais à m'excuser pour hier.

En entendant la voix de sa mère, Marc voit rouge. Il a accompli ce parcours de combattant pour rien ? Ses yeux fixent le plafond et ses maxillaires se serrent. Il est en colère contre sa mère. « T'inquiète pas maman, j'étais pas fâché. Par contre, je suis désolé, j'ai beaucoup de travail. Je te laisse. Bisous ».
Il raccroche brusquement le téléphone. Il s'allume une clope et va se servir un verre d'eau au robinet. Il déglutit. Ça fait du bien. Ensuite, il regarde le répondeur mais voit que pendant son absence, per-

sonne n'a appelé. Il s'allonge sur le dos avec *Germinal* entre les mains. Mais le livre lui en tombe et il pique un somme. Il est réveillé en sursaut par le téléphone. Cette fois-ci, cela ne lui fait ni chaud ni froid. Mais, il va décrocher quand même. Au cas où. Et il fait bien. C'est une nouvelle mission. Pas trépidante mais ça le changera. Un vieux monsieur, qui habite dans sa rue, a laissé sa porte ouverte le temps d'aller chercher le courrier. Mais problème, un coup de vent a fait claquer la porte et les clés se trouvant à l'intérieur, il ne peut plus rentrer. Il a donc songé au détective, dont lui avait parlé la boulangère. Marc se rend au numéro vingt-quatre de la rue. Il songe qu'il s'est trompé jusqu'à ce jour, en pensant que cet incident ne pouvait pas réellement arriver. Il fallait vraiment être maladroit. Lorsqu'il regardait des films et que cela arrivait, il n'y croyait jamais. Eh bah, cette fois-ci, il avait la preuve formelle que cela pouvait arriver. Lorsque que le détective aperçoit une forme s'agiter de l'autre coté de la rue il comprend que c'est son homme. Il a peur que le détective ne le remarque pas. Ce qui semble impossible étant donné son agitation. L'homme doit avoir la soixantaine, les cheveux gris sur le dessus du crâne et des petites lunettes cerclées de métal. Au téléphone, Marc pensait qu'il était plus âgé que ça.

- Alors mon bon monsieur, on oublie de prendre ses clés ?
- Oui, je suis bien désolé de vous déranger pour une broutille pareille. J'étais charpentier dans le temps. Si j'avais eu mes outils à portée de main, j'aurais pu me débrouiller sans vous. Mais ce n'est pas le cas. La seule solution est de passer par la fenêtre de ma voisine. Etant donné que j'ai laissé

ma fenêtre ouverte, vous pourrez facilement rentrer chez moi et m'ouvrir la porte. A mon âge, je ne m'y risquerait pas mais pour un jeune homme comme vous, qui de plus, est détective, ça ne devrait pas être la mort.
- Je comprends. Vous avez demandé à votre voisine la permission de passer par sa fenêtre ?
- Non, mais nous sommes amis. Il n'y aura pas de problème. Suivez-moi.
Marc, en le voyant s'engager dans les escaliers, lui bondit dessus.
- Attendez ! Vous habitez à quel étage en fait ? Sans savoir pourquoi, il avait tout bêtement pensé que le vieil homme habiterait au rez-de-chaussée.
- Au second, pourquoi ?
- Mais je ne suis pas protégé ! C'est haut de combien de mètres ?
- Tut tut tut. Je veux pas entendre parler de ça. Vous croyez que les ouvriers sur la tour Eiffel , ils avaient des protections peut-être ?

Marc ne répond même pas et se contente de monter les marches en bougonnant. Il n'aime pas le vide. Ça ne lui fait pas peur mais ça ne le rassure pas. Ce qui fait qu'il y va ? le détective Marlowe y serait allé. Il aurait escaladé l'immeuble, sans se poser de questions, que cela soit pour arrêter un malfrat ou pour aider cet homme. Même s'il savait qu'il allait le faire, Marc ne pouvait s'empêcher de se demander pourquoi le vieux n'avait pas appelé un serrurier. Ils ne se connaissaient pas. Ce ne pouvait donc pas être par pur sadisme ou par méchanceté. Il en conclut que l'homme devait être seul et voulait un peu de compagnie. Ce dernier sonne à une porte. Celle de la voisine pense Marc. En effet, une vieille femme ouvre. Celle-ci, malgré son âge, est très coquette. Elle embaume le parfum, les crèmes, a de nombreux bigoudis dans les cheveux et porte un peignoir rose. Le voisin s'excuse du dérangement et explique la raison de sa présence. La dame lui affirme qu'il n'y a aucun problème, mais informe qu'il faut qu'elle retourne se préparer. Elle semble avoir une soirée. « L'homme est visiblement au courant à son regard complice et doit donc être invité également » songe Marc. Pour lui, cela ne fait aucun doute, la femme est folle amoureuse de son voisin. Son regard, ses gestes envers lui et sa façon de rire nerveusement la trahissent. Et Marc n'est pas le seul à le savoir. Mais ce n'est pas l'objet de sa mission. Il se rend donc vers la fenêtre la plus proche de l'appartement voisin, l'ouvre et observe la structure du bâtiment. Ça devrait le faire. Il se tiendra au rebord, au-dessus de la fenêtre et s'appuiera le plus légèrement qu'il le pourra, contre la gouttière située sous la rangée de fenêtres. Il enlève son élégant manteau et laisse paraître une tenue plus contemporaine : *sweat* et jean bleu clair. Il enjambe la barrière, laissant les deux tourtereaux à leur conversation et s'engage le coeur battant. Il se cramponne tant bien que mal au tout petit rebord. La gouttière qui couine et bouge l'inquiète légèrement. Il s'efforce de ne pas regarder en bas. Il entend les voitures circuler et les passants arrêtés qui s'interrogent sur ce qu'un homme peut bien faire sur les toits. Il a envie de les rassurer de leur crier que ce n'est pas un suicide. Mais, il se dit que cela paraît logique. Il n'aurait pas le dos tourné à l'immeuble mais regarderait le vide si tel était le cas. Ça y est, enfin, il est arrivé à la fenêtre. Il lâche une main et la pose sur la rambarde, lâche la seconde et pousse la fenêtre. Rien. Celle-ci

reste figée. Il réessaye mais, rien à faire, la fenêtre est bel et bien fermée. Il appelle alors le vieil homme.
- Eh ! Oh, monsieur, venez voir s'il vous plaît ! Voyant sa tête sortir de chez la voisine, il continue. Elle n'est pas ouverte votre fenêtre ! Qu'est-ce que vous m'avez racontez ?
- Mais si. Il y en a forcément une d'ouverte. Sinon ma porte ne se serait pas fermée. Je suis vieux, je perds un peu la tête, vous verrez à mon âge. Si ce n'est pas celle-ci, ce doit être la fenêtre de la chambre ou du salon. Essayez un peu plus loin.
- Quoi ! vous je sais pas ce qui me retient de vous laisser tout seul avec votre histoire.

Mensonge. Il le sait très bien. Une chose ou plutôt un mot le retient sur ce toit : l'honneur.
Marc continue à escalader l'immeuble, habile comme un chat. Bien sûr ce n'est pas la fenêtre de la chambre, la plus proche, qui est ouverte mais la dernière. Il s'en rend compte une fois devant celle-ci, environ à sept mètres de son point de départ. A cause du vent, les vitres claquent contre la paroi. Il s'introduit rapidement et avec souplesse dans l'appartement et prend un instant pour lui. Il est enfin à l'abri du danger, après ces quelques minutes au-dessus du sol qui lui ont semblé une éternité.
« Mais quel est ce drôle d'homme ? » Il a la réponse à sa question en observant l'appartement. Assez grand, laissant deviner, tant par la décoration que par l'architecture intérieure du bâtiment, le comportement excentrique du vieux fou. Lorsqu'il passe dans le couloir, Marc voit sur le lit, un costume noir magnifique. C'est un trois pièces avec le veston et le noeud papillon à nouer. Décidément, il est surprenant ce voisin. Un ancien charpentier qui

se vêt de cet façon !
Arrivé devant la porte en bois d'orme—très observateur ce Marc— Il sort la clef de la serrure. Au trousseau, il y a aussi les clés d'une Volkswagen. Il tire le loquet et derrière la porte se trouve son client. Ce dernier fait signe de l'applaudir et rentre dans son appartement.

- Asseyez-vous sur le canapé à votre droite, pendant que je vous fais votre chèque monsieur Touaine.

Il revient quelques minutes plus tard avec un papier blanc à la main, le sourire aux lèvres. Marc pense que l'homme va lui faire à nouveau une blague. Mais, au contraire, celui-ci s'approche solennellement de lui.
- Merci, merci beaucoup, monsieur. Sincèrement, ce que vous avez fait, je ne m'y serais pas risqué. Même si vous êtes détective, je considère que vous êtes un véritable héros. Digne de ceux des films de ma jeunesse. Voilà pour vous et encore merci. Excusez-moi si je vous presse mais comme vous l'avez sûrement compris, je dois me préparer pour un bal.

Il lui fait un léger clin d'oeil. Marc se retrouve sur le palier avec son chèque, face à la voisine, qui lui tend son imper et son Borsalino. Il la remercie et descend en quatrième vitesse.
Une fois dehors, il voit des gens attroupés, qui l'applaudissent. Il tend l'oreille et comprend que tous croient qu'il a sauvé un chat coincé sur la gouttière. Ce que les gens peuvent être naïfs et lui avec. Il ne faut pas plus d'un vieil original pour attirer Marc dans une telle aventure, une vraie mis-

sion suicide. Même pas besoin d'un chat tout mignon.
Il traverse vite la rue et passe le portail du numéro treize. Enfin, il est au calme. Une fois dans sa chambre, il pose ses clés, son manteau et son chapeau, allume la télévision et s'affale dans son fauteuil. Enfin, au calme. Devant lui, une rediffusion de *Le Jour se lève*, avec Jean Gabin. Il connaît le film. Mais rien que pour le jeu de Gabin, il reste sur cette chaine. Et aussi, avouons-le, parce qu'il n'a pas le courage de se relever pour aller chercher la télécommande. Il n'écoute pas réellement le film mais à un moment une réplique semble résonner dans sa tête « Tu as mon argent, voyou !? ».
A ce moment-là, Marc se rappelle qu'avec tout le remue-ménage causé par les passants dans la rue, il n'avait même pas pris soin de regarder la somme inscrite par le vieux sur le chèque. « Sûrement une petite somme. »
Piqué par la curiosité, il se lève et va le chercher dans la poche de son manteau. Quand il le déplie, il n'en croit pas ses yeux. Il pense d'abord à une blague mais se résout à l'évidente, ce monsieur lui a fait un chèque à trois chiffres. Tous les champs du chèque sont remplis. La signature est bien présente. Et, vu la façon de vivre du vieux, ce ne pouvait pas être un chèque en blanc. Il n'aurait pas pu s'y risquer. Le détective savait où il habitait. Non, il n'y avait rien à dire. Il avait payé Marc grassement pour le récompenser de son escapade sur les toits.Le jeune détective ne comprend pas son geste mais l'approuve. L'homme avait l'air gentil certes, mais de là à verser une telle somme. C'est vrai qu'il ne lui avait même pas demandé combien il souhaitait. Les deux seules raisons envisageables selon Marc étaient les suivantes : soit l'homme

était quelqu'un de nature philanthrope et gentil, qui face au geste de Marc avait été touché, soit il ne se souvenait plus que l'on était passé aux euros et croyait faire un chèque en francs. Au-delà de la somme offerte, ce qui avait le plus touché Marc avait été le fait que l'homme l'ait eu comparé à un héros de film. De plus, il avait précisé « de mon époque ». Ayant une soixantaine d'année, voire un peu plus, il devait avoir environ dix ans en 1950. Et donc, il pouvait très bien parler de films comme *Le Grand Sommeil* ou *Casablanca*. C'était pas comme s'il avait dit que Marc lui avait rappelé Bogart mais cela s'en rapprochait beaucoup.
Il est déjà sept heures du soir. Marc prépare ses affaires de sport et quitte son studio adoré.

Lors de la mi-temps, l'ambiance étant tendue dans l'équipe, Marc raconte son aventure. Pour détendre un peu l'atmosphère durant ce court moment dans les vestiaires. Il veut remonter le moral de chacun en décrivant sa mission de l'après-midi, plutôt drôle et peu commune. Tous en viennent à la conclusion qu'ils ne comprennent pas comment Marc fait pour toujours vivre des choses invraisemblables. Ceci dit, ce qui étonne nombre d'entre-eux, c'est la chance qu'a Marc et qu'il a toujours eue dans la vie comme au foot.
Fin du match. Deux partout. Ils se sont bien battus. Tous. Même si l'équipe adverse avait eu un léger avantage : ils n'avaient pas supporté le soleil dans les yeux durant la première mi-temps. Après, ce sont les aléas de ce sport et Marc aime faire avec.

Rentré chez lui, il prend sa douche. Il a plein de terre sur les mollets et dégouline de sueur. Puis, il se fait réchauffer un plat tout fait : des raviolis à la béchamel. En mangeant, il regarde un *flyer* sur les différentes ventes privées du mois. Dans son souvenir, il y en a une le lendemain matin. Et effectivement, il remarque, dans le deuxième arrondissement, une vente aux enchères chez des particuliers. Il ira. En plus, il a de l'argent, alors s'il voit quelque chose qui lui plaît, il se fera un petit cadeau. Mais il faudrait qu'il achète à manger aussi. Compte tenu du frigidaire et du placard : vacants, abandonnés, déserts, vides quoi…

Vendredi. Le détective se lève, mange ses céréales et parcourt le journal du quartier. Aujourd'hui rien sur lui.
Il se rend à la station de métro. Sur le chemin, il s'arrête dans un bar tabac. Il demande une cartouche de Philipp Morris. Ça l'amuse de prendre ses cigarettes parce qu'elles ont les mêmes initiales que Philipp Marlowe : PM. De temps en temps, il achète aussi du tabac à rouler, qu'il range dans un sorte de bourse. Il avait vu cette façon de conserver son tabac dans *Le Faucon Maltais* avec Bogart et dans des westerns comme *Rio Bravo*. Il trouve ça en même temps distingué et légèrement *bad boy*. Mais c'est beaucoup trop compliqué de verser le tabac sur la feuille et Marc en fait tomber la moitié sur le trottoir. Il opte donc pour cette technique lorsqu'il n'a plus un rond. Il n'aime pas se prendre la tête. Il aime la simplicité. Ouvrir son paquet, prendre sa cigarette et l'allumer avec son *Zippo*. Rien de plus. Il ressort donc de l'établissement, sa cartouche sous le bras . Il aime cette appellation. Cartouche. Ça lui rappelle les films, les armes, les gangsters, les privés bien sûr.
Il attend sur le quai et prend le métro direction : le deuxième arrondissement. Il aime cette atmosphère

parisienne des métros. Il compare souvent les métros parisiens aux taxis new-yorkais.

Arrivé à la bonne station, il descend. Il ne sera pas à l'heure. La vente commence à dix heures et il a déjà neuf minutes de retard. Il a dû traîner sur le chemin. Il arrivera dans cinq minutes selon ses calculs. En marchant vite, il devrait y arriver rapidement. Marc déteste être en retard. Ce n'est pas poli. Il a regardé le plan avant de partir et a noté le nom des rues à prendre pour passer par le chemin le plus court. Marc est un homme qui va droit au but. Les raccourcis sont donc importants pour lui. En quatre minutes il est devant l'immeuble. Il sonne. On lui ouvre. Il s'engouffre dans l'immeuble et voit un petit panneau indiquant par une flèche que la vente se situe au rez-de-chaussée, derrière l'escalier central. Il rentre et s'excuse auprès de la dame devant la porte, qui sûrement doit être la propriétaire du lieu ou une amie l'aidant. Il s'assoit sur une des nombreuses chaises vides. Un homme, lui forcément propriétaire, présente les différents articles : vases chinois, ombrelles, kimonos brodés... Pour l'instant cela ne le concerne pas. C'était très joli mais ça n'irait pas chez lui et puis c'était bien trop cher pour ses petits moyens. Ensuite, ils vendent une télévision à écran plat de deux mètres de long. Pas du tout son genre. Il trouve son cathodique bien plus beau que ces télévisions immenses. Des lots de DVDs et de livres passent. Ils vendent l'ensemble. Dommage il y a des bons films anciens que le jeune homme ne connait pas. Puis, jusqu'à la fin, sont présentés bibelots, commodes, tables de chevet. Marc se demande comment il est possible d'avoir autant de mobilier dans sa maison. Mais ensuite il comprend, en entendant les propriétaires

parler avec un ami, qu'il s'agit, en réalité, des affaires d'un membre de la famille de la femme. Il s'approche du groupe. « Excusez-moi, serait-il possible de regarder vos films s'il vous plaît ? »
La dame en lui souriant accepte et lui montre où ils sont rangés. Marc les observe un à un. Il est agréablement surpris lorsqu'il remarque qu'ils sont triés par genre et encore plus quand il voit qu'il y a de nombreux films noirs. Il prend la pile et la pose par terre. Accroupi sur le sol, il passe en revue tous les résumés, les acteurs, les dates. Trois films le tentent : *La nuit de l'iguane* avec Richard Burton, *Quand la ville dort* réalisé par le génial John Huston et avec le très grand Sterling Hayden (connu de tous pour son rôle dans *Johnny Guitare*) et aussi un film français, plus éloigné des deux autres mais avec un acteur qu'il aime particulièrement. Eddie Constantine. Le film est de Godard : *Alphaville, une étrange aventure*. Les deux premiers films, il les a déjà vus mais il ne s'en souvient plus. Il était jeune et les a visionnés avec ses parents. Quant au troisième, il ne le connaissait même pas de nom. Il avait vu les films plus commerciaux avec Constantine et ignorait qu'il avait joué pour des grands auteurs de la nouvelle vague. Après avoir rangé les DVDs, Marc demande à la dame s'il peut lui acheter les trois films.
- Vous savez, mon frère était un passionné de cinéma et adorait tous ses films.

Marc se dit que la vieille femme veut tirer le meilleur prix possible, la vente n'ayant pas dû être très rentable.

- Mon frère aimait parler de films avec les gens et aurait adoré savoir qu'un jeune comme vous s'inté-

resse encore aux vieux films. Je ne le connaissais pas vraiment. Nous vivions éloignés l'un de l'autre et nous voyions peu. Mais je suis sûre de quelque chose, ses films il vous les aurait donnés. Prenez-les.
- Vraiment ? Sérieusement ? Vous … vous êtes sûre ?
- Prenez-les, je vous dis et même si vous y tenez, revenez avant vendredi prochain, ils seront tous toujours ici. Ils sont à vous. Après, une société me rachète le tout à bas prix. Je préfère largement que cela revienne à quelqu'un qui aime le cinéma. Par contre, je suis confuse de vous mettre à la porte mais j'ai rendez-vous chez le notaire.
- Oh oui. pardon. Merci beaucoup, madame. Je pense que je reviendrai vous voir la semaine prochaine. Enfin, j'en suis persuadé. Bonne journée et merci encore.
- Bons films, jeune homme, dit-elle en refermant la porte.

Sur le palier, Marc n'en revient pas. Non seulement cette femme est hospitalière mais elle est aussi très gentille. C'est décidé. Il reviendra avec un gâteau et prendra d'autres films dans le courant de la semaine prochaine. Sinon, il regretterait. Ce soir, au foot, Marc ne s'est pas trop dépensé. Il s'est réservé pour sa séance cinéma. Sur le chemin du retour, il s'est offert un énorme sachet de pop-corn. Marc allume le cathodique et met en route le lecteur DVD. Il insère le film de Godard. Il reste scotché devant pendant tout le film. Il ne se permet même pas de mettre sur pause pour aller aux toilettes. La voix de Constantine le fascine. Il aime sa façon de se mouvoir et de se comporter avec les femmes. C'est un film de science-fiction sans aucun effets

spéciaux. C'est génial. Ça fonctionne parfaitement. La musique est stressante, envoûtante : super pour un film de SF. La voix de la machine inquiétante. En plus, Constantine porte un imper et un chapeau gris, que demander de plus ?
A la fin du film, Marc a mangé tous les pop-corn. Il jure en voyant le paquet vide tombé sur le sol et les miettes répandues sur son petit tapis rouge. A l'aide de ses doigts et d'une pelle, il les enlève. Ceci fait, le détective repense aux films de Godard qu'il a vus et essaie de trouver des similitudes et des différences entre eux. *Pierrot le fou. A bout de souffle. JLG.*
Après cette journée bien fatigante, il décide de se coucher et de ne regarder qu'un film. Ce qui habituellement, était très rare because Marc est un consommateur invétéré de films.

Ce week-end-là, notre héros ne fait pas grand chose. Le samedi, il va faire quelques courses. Il connaît un petit endroit pas cher où pour seulement quinze euros, il rentre avec un panier bien rempli. Ensuite, il passe son après-midi à lire *Germinal*. Il en est à la page cent mais il faut retrancher le glossaire et les présentations, en réalité, il a réellement lu soixante pages mais le plus important est le numéro de la dernière page que l'on a lue n'est-ce pas ?
Le dimanche, ça a été presque le même schéma. Le matin, du sport : pompes, abdominaux, squats et différents exercices d'haltères. Ensuite, quelques tours du pâté de maisons en courant. Rien de bien compliqué mais de quoi le mettre en forme. Quand même après son déjeuner, le détective a enchaîné les deux films gagnés la veille.
Deux jours. 48 heures. 2880 minutes. Et encore

plus de secondes. Durant tout ce temps, il n'avait eu ni appels ni aucune autre espèce de contact en rapport avec son nouveau métier. Il s'ennuyait presque. Dimanche soir, il se coucha tôt pour être en forme le lendemain. Après ces précédentes journées bien remplies, les deux dernières paraissaient vraiment monotones.

CHAPITRE 5 :
EN PLEIN RÊVE

Sonnerie. Marc appuie sur le bouton du réveil mais la sonnerie ne cesse pas. Il lève les yeux et voit que le réveil indique cinq heures. C'est le téléphone qui sonne. Il se lève difficilement et une fois qu'il a atteint le combiné, il le porte à son oreille en bâillant.

- Allô ?
- Je suis bien chez le détective Touaine ?

C'est la voix d'une jeune femme. Elle a l'air inquiète. Peut-être même qu'elle pleure. Le garçon ne se rend pas bien compte.

- Oui, c'est moi. Que puis-je faire pour vous ?
- Mon nom est Patricia. J'ai un problème. Ce serait possible de vous voir ?
- Tout de suite ?
- Oui, c'est très urgent.
- Vous habitez où ?
- Dans le dix-huitième, pas loin de chez vous. D'a-

près votre carte.
- Vous connaissez le bar tabac de la rue Simart ?
- Oui, je vois où c'est.
- Il ne ferme pas la nuit. Et puis c'est calme, ce sera très bien. Voulez-vous qu'on s'y retrouve, disons, d'ici quinze minutes ?
- J'y serai dans dix.

La liaison a coupé. Elle a raccroché le téléphone. Marc ne se sent pas bien. Aucun lien avec le fait qu'elle lui ait raccroché au nez brutalement. Non, il a seulement horreur de ne pas faire ses nuits. Et en plus, il déteste qu'on le réveille en plein rêve. Alors, quand il s'agit d'un rêve avec Lauren Bacall, vous imaginez ! (Sinon, allez vite faire une recherche sur internet, vous comprendrez. Je vous attends.)
Détective c'est un métier truffé d'intermittences. Il y a des moments où l'on travaille tout le temps. Y compris la nuit. Et d'autres moments où l'on n'a aucune enquête à se mettre sous la dent.
Cinq minutes plus tard, notre merveilleux enquêteur dévale l'escalier, essayant tant bien que mal de ne pas louper de marches. Ce qui, dans le noir est rudement compliqué. Depuis le temps qu'il habite dans cet endroit, il ne sait toujours pas où se trouvent les interrupteurs.
Il est fatigué et aurait préféré une autre heure pour découvrir son enquête. Elle semblait, cette fois-ci, s'annoncer sérieuse. Il a beau être le plus futé du monde, c'est pas un chat le Marc. Possède pas des yeux magiques. Alors, il y voit que dalle dans cette foutue obscurité. Devant le bar, se trouve une femme qui s'approche doucement de lui.

- Vous êtes monsieur Touaine ? lui demande-t-elle.

Il répond oui de la tête et l'invite à rentrer au chaud prendre un (ou plusieurs) café(s). La femme rappelle vaguement quelque chose à Marc mais il n'arrive pas à savoir où il aurait pu la voir. Il doit se méprendre. Dans la pénombre, il ne peut pas bien distinguer les traits de son visage. Ils s'assoient dans le fond de la salle, chacun sur une petite banquette, se faisant face. Marc commande deux allongés et la femme commence.

- Voilà, si je vous ai contacté, c'est que j'ai un problème. Disons de manière indirecte. Nous avons prévenu la police depuis une semaine mais rien, elle a déjà classé l'affaire. Enfin, commençons par le début. Il y a exactement dix jours, l'homme chez qui je travaille a disparu. Je suis au service de personnes âgées, dit-elle comme pour éclairer Marc qui ne doit pas avoir la tête du type qui a tout compris. Je m'occupe de faire les courses, le ménage, la cuisine, tout ce qui est nécessaire et qu'ils ne peuvent, eux, plus vraiment faire. Je suis à leur service depuis cinq ans et j'entretiens avec eux un rapport fort. Ils ont fait beaucoup pour moi. Je veux dire, ils n'étaient pas obligés de faire ce qu'ils ont fait. C'est pourquoi, comme ça fait plus d'une semaine que monsieur Millau a disparu, je vous ai contacté. Vous, un professionnel.
- Oui, je comprends votre inquiétude mademoiselle. Je vais avoir besoin de revenir sur certains détails s'il vous plaît.

Marc sort un stylo de la poche intérieure de son manteau et commence à écrire sur le set de table en papier. Ça arrive d'oublier la moitié de son matériel, en l'occurence du papier dans son cas. Ne l'incriminez donc pas. On est avant l'aurore et Marc est encore jeune, pas un habitué des coutumes de limier.

- Pour commencer votre nom et votre âge et ceux de vos employeurs
- Je m'appelle Patricia Velasquez et j'ai vingt-trois ans. Je suis d'origine portugaise et j'ai émigré en France il y a cinq ans, pour finir mes études. Je suis étudiante en littérature française. Pour me loger, j'ai été obligée de travailler. J'ai enchaîné plein de petits jobs mal payés. Puis, grâce à une annonce dans le journal, j'ai rencontré monsieur et madame Millau. Ils m'ont tout de suite été très sympathiques et je suis donc restée à leur service par loyauté et amitié.
- Quelles ont été les circonstances de la disparition de monsieur Millau ?
- Un soir, comme tous les samedis soir, monsieur Millau est sorti pour prendre une bouffée d'air, comme il a l'habitude de dire. Sa femme et moi savons depuis le début qu'il s'agit, en réalité, de sorties d'une autre nature. Il va voir des dames de compagnie.
- Vous voulez dire des prostituées ?
- Oui, c'est ça. Jusqu'ici monsieur Millau rentrait toujours. Tard le soir, mais il rentrait. Parce qu'il aime vraiment sa femme. Il ne peut pourtant pas se passer d'une compagnie, disons plus fraîche. Madame Millau fut très peinée à la suite à cette découverte mais s'y habitua avec le temps. Ce soir-là, quand il n'est pas rentré, elle était complètement paralysée de peur. Il a quand même soixante-dix ans et est malade. il est normal de s'inquiéter. Nous sommes persuadées qu'il est arrivé quelque chose à monsieur Millau. Jamais il n'aurait quitté le do-

micile conjugal pour une autre femme. C'est la thèse accréditée par la police. Elle n'en démord pas. Mais il était bien trop attaché à sa femme ainsi qu'à ses habitudes .

- Mmh mmh, je comprends tout-à-fait la situation. Et, vous savez où il se rend précisément lors de ses fameuses promenades nocturnes ?

- Moi non. Mais madame Millau, le sait. Elle m'a raconté qu'un jour elle l'avait suivi et s'était alors rendu compte de la vraie cause des sorties de son mari.

- Situation pour le moins désagréable. Il faudrait que je la vois. Mais au fait, j'y songe, comment avez-vous eu mes coordonnées ? Vous habitez dans le coin ?

- Mes employeurs et propriétaires habitent le quartier, juste à deux rues de la vôtre. J'achète leurs journaux à la Civette du coin de la rue.

- Et vous y avez vu une de mes cartes je présume ?

- Tout-à-fait. En allant chercher les journaux mardi, je suis tombée dessus à la caisse et j'en ai pris une. Vu la situation, vous comprenez. Vous tombiez à pic.

- Quelque chose m'intrigue cependant.

- Oui ? Quoi donc ?

- Vous me trouverez peut-être indiscret mais vous parlez drôlement bien le français pour quelqu'un qui n'habite en France que depuis cinq ans.

- Ah ça…On me le fait souvent remarquer. C'est parce que mon père était d'origine française. Il a suivi ma mère dans son pays natal. J'ai donc la chance de parler aussi bien le français que le portugais.

- Je comprends mieux ainsi. Quand puis-je venir voir votre employeuse ?

- Vous acceptez donc de nous aider ? s'enthousiasme-t-elle

- Bien sûr ! Comment pourrais-je laisser deux pauvres femmes en détresse comme vous. Tout de même, je représente la loi. Je n'abandonne pas les gens comme ça. Par contre, je préfère vous prévenir c'est un travail à plein temps et dangereux qui plus est. Il se doit donc que je sois payé comme il faut.
- Ne vous inquiétez pas pour ça. Vous vous rendrez vite compte que, dans cette famille, on est de nature généreuse. Surtout quand quelqu'un fait de son mieux pour les aider. Bien, je crois que nous en avons terminé. Le jour se lève, je dois aller travailler. Je vous rappellerai dans la journée pour fixer un rendez-vous. Au revoir.
- A bientôt mademoiselle.

Elle sort du café et sa silhouette disparaît peu à peu dans la brume matinale. Mais où avait-il pu voir cette fille ? Ça ne remontait pas aux années fac puisqu'elle n'était pas encore sur le sol français. Marc n'arrivait pas à résoudre cette énigme. Mais, la question n'était pas là. Il l'avait maintenant, sa mission à hauts risques qui lui demanderait de faire fonctionner ses méninges et ses muscles, voire les muscles de ses méninges. Ça ne serait pas de tout repos. Une disparition ! Il n'avait pas pensé à cette sorte de mission. Pour l'instant, le jeune détective, fort de son expérience cinématographique, ne voit qu'un mobile possible : l'enlèvement. Mais pourquoi enlever un vieux papy sans défense ? Pour répondre à cette question, Marc se met un instant dans la peau du criminel type assoiffé de vengeance et prêt à tout. Intelligent aussi. Parce qu'il devait l'être, forcément, pour que l'on ait toujours pas retrouvé le corps. Patricia lui avait dit que ses

employeurs étaient généreux. Ce qui signifiait sûrement qu'ils avaient de l'argent. Cela peut être la raison d'un enlèvement ça ! L'argent est toujours source de problème. Marc s'en rend bien compte dans son quotidien. Il s'étire en bâillant et redemande un allongé. Il allume une clope mais son regard croise celui du patron. Depuis deux ans déjà, on ne peut plus fumer dans les lieux publics. Quelle loi absurde ! En général, il est d'accord avec les lois mais alors là, il ne comprend pas. Peut-être parce qu'il ne veut pas comprendre. Peut-Être. Pour lui "comprendre" n'est pas le problème. Si on lui demande d'éteindre sa cigarette parce que la fumée dérange, il comprend très bien. Pas besoin de priver les gens, de faire de la restriction abusive à tout va. Sous prétexte que l'on est un petit politicard et que l'on veut exercer son pouvoir de merde, on se permet tout ça… Crois-tu qu'on les empêche de fumer eux ? Excusez-moi. Nouvelle digression. Marc a pris le dessus sur le narrateur, le narrateur le dessus sur l'auteur. Je reviens. *Dura lex, sed lex.* (Ce qui veut dire, n'est-ce pas cher lecteur érudit dans notre langue morte préférée : la loi est dure, mais c'est la loi.)
Décidément Marc n'est pas du matin. Il n'arrive pas à se concentrer. C'est pourquoi, une fois son café achevé, il part faire la chose la plus raisonnable pour l'heure : finir sa nuit…

Que ça fait du bien de se glisser sous sa grosse couette, après être resté un long moment dans le froid. Il prend soin d'éteindre son alarme puis repense à son enquête et s'endort, les paupières lourdes. Enfin, tout est relatif. Sait-on réellement le poids de ces petits volets qui nous permettent de dormir ?

Dix heures passées, il s'étire longuement dans son lit. Ensuite, il fait chauffer l'eau de son thé. Le détective songe que le milieu de la prostitution est mal famé et en déduit que peut-être monsieur Millau y a fait une mauvaise rencontre. Tout à coup, il se rappelle un film qu'il a vu il y a un moment. *Rencontre Fatale*. Marc a peur que l'homme ait fait une rencontre de ce genre. Cependant, cela ne peut être ça. Lors d'une mauvaise rencontre, qui devient fatale, il y a forcément la mort à la fin. présentement, ce ne peut pas être ce type de crime. Puisque un corps ça se retrouve. Et là, ce n'est pas le cas. Pas encore. Depuis une semaine, aucune trace, quelle qu'elle soit. Jamais un criminel ne s'encombrerait d'un cadavre. On peut donc espérer avec raison, que l'homme soit encore en vie. A moins d'avoir à faire à un drôle de passionné de taxidermie humaine. Mais, ce genre de gus frénétiquement spépieux ne court pas les rues. Ce qui est un point positif pour Marc. Maintenant, il faut qu'il sache pour quelles raisons on a pu kidnapper le vieil homme. La femme pourrait sûrement l'éclairer sur ce point et l'amener à envisager des pistes . Il ne restait plus qu'à la voir.
Comme si elle entendait Marc se poser des questions sur l'enquête, Patricia l'appelle à ce moment -là et l'informe que s'il est libre le soir même la vieille dame l'attendra.

- Ce n'est pas la peine de retarder l'enquête. Trop de temps a déjà été perdu. Je me débrouillerai. A ce soir.

Marc raccroche. Il a parlé sèchement et rapidement. Il n'aime pas qu'on le coupe dans ses raisonnements. De là, à être grossier, limite désagréable avec la jeune femme, et ne même pas penser à demander l'adresse, non. Là il avait fait fort. Quelques secondes après, le téléphone sonne à nouveau. Marc décroche. C'est à nouveau Patricia.

- Excusez-moi Patricia, j'étais en train de réfléchir à l'enquête et... Enfin, j'ai été malpoli et je m'en excuse. Je serai là ce soir comme convenu. Seulement, une adresse me serait utile pour trouver les lieux... Bien que vous ayez engagé le meilleur détective de Paris, j'arriverai avec un peu de retard, sans indication.

Elle lui indique comment se rendre à la bonne adresse depuis chez lui, sans même relever sa petite blague. Il n'en est pas vraiment chagriné mais un poil dépité tout de même. Puis, il sourit, se trouvant ridicule.
Après son déjeuner succinct, Marc se rend chez le vendeur de journaux du coin et lui achète un petit carnet pour prendre des notes. Tout bon détective se doit d'avoir son petit carnet. Il n'est que débutant après tout et malgré sa grande mémoire, il se doit de suivre les dogmes imposés par la profession.

Driiing ! Driiing ! (Direction the poubelle pour le réalisme...) Vous l'aurez compris, il appelle son entraîneur. Pour lui dire que ce soir il ne pourra pas venir. Le temps qui lui reste avant le rendez-vous, c'est-à-dire cinq heures et trente cinq minutes, il l'utilise à griffonner sur son carnet. Il note les différentes questions qu'il se pose, les différentes choses qui ont pu arriver à l'homme, etc... Puis, il enfile une chemise -la seule qu'il ait- blanche. Rien de mieux que la sobriété. Les motifs sur une che-

mise, ça distrait. Si c'est pour voir son interlocuteur regarder sa chemise pendant la durée de la discussion, en vue de donner aux motifs un sens, non merci. En plus, les motifs comme à la télévision, ça crée de l'*aliasing*. On dira ce qu'on veut, ça fait pas sérieux.
Ensuite, il passe un pantalon repassé, son imperméable crème et ajuste son chapeau sur son crâne. Madame Millau habite au numéro quarante-cinq du boulevard Barbès. Devant la porte rouge en bois, il s'arrête et sonne. Il y a un déclic et la lourde porte s'ouvre. En même temps, Marc entend la voix de la jeune fille dans l'interphone qui lui dit qu'ils habitent au troisième étage. Il grimpe les escaliers, les marches deux à deux et se dirige vers la porte ouverte. D'habitude, il les escalade trois par trois, mais il ne veut pas prendre le risque d'arriver essoufflé et surtout en sueur. Il reconnait Patricia, dressée devant lui. Il entre et, sur sa gauche, observe une dame, la soixantaine, qui lui sourit. Elle est assez petite et on peut remarquer qu'elle a teinté ses cheveux. Premier bilan de la soirée : elle semble faire attention à son apparence ; bien habillée, parfumée et maquillée. Elle lui lance un bonjour chaleureux. Marc est touché. On sent que la femme est touchée aussi et soulagée que Marc s'occupe de son affaire. Décidément, ce contact humain propre au métier lui plaît. La femme l'invite à s'assoir dans le salon. Marc remarque, sur la longue table en bois, le couvert pour trois personnes. Il en déduit qu'il va manger ici. Le sens aigu de l'hospitalité avec ça. Cette dame lui plaît vraiment. Il va tout faire pour lui ramener le plus rapidement possible son mari et sain et sauf.

- Asseyez vous Monsieur Touaine, lui dit-elle en

lui montrant la chaise la plus proche de lui. Il voit Patricia s'éclipser dans une autre pièce.
- Soyez gentille, appelez-moi Marc. Je préfère.
- Bien, ce sera donc Marc. Mon nom est Sylvie Millau. Appelez-moi comme bon vous semblera.
- Nous allons être amenés à nous côtoyer souvent alors je propose de ne pas faire trop de manières. Appelons-nous par nos prénoms si cela vous convient. Ils sont là pour ça après tout.
- Je suis bien d'accord. Tout d'abord, je souhaiterais vous remercier pour votre gentillesse. J'apprécie la rapidité avec laquelle vous traitez mon cas. (Madame Millau, très gentille, ignorait seulement que Marc n'avait rien d'autre à faire.) La police, je pense, me traite comme une vieille folle et pense que je délire sur les causes de la disparition de mon époux.
- C'est mon métier. Ne vous inquiétez pas. Je vais faire tout mon possible et me consacrer entièrement à la recherche de votre mari. Seulement, je m'excuse par avance, nous allons être obligés de passer par des conversations peu agréables. Patricia m'a déjà parlé de certaines choses. Mais j'ai besoin de plus de détails. Je suppose que vous en avez déjà discuté avec la police mais c'est nécessaire pour moi d'en savoir plus.
- Je comprends. Ne vous inquiétez pas. Demandez-moi tout ce que vous voudrez pour retrouver Paul. Paul Millau. Nous portons le même nom. Nous nous sommes mariés en 1987.

Marc sort son carnet et son stylo et commence à écrire tout en questionnant la femme.

- Vous vous entendiez bien ces derniers temps ?
- Oui, nous sommes restés aussi proches qu'au dé-

but de notre mariage. Et quand nous avons une petite dispute, il vient toujours s'excuser.
- Patricia m'a expliqué ses sorties du samedi soir. Pouvez-vous m'en dire davantage ?
- Paul est très bel homme. J'ai toujours été consciente de la chance que j'avais d'être sa femme. Seulement, il est ce qu'on appelle un coureur de jupons. Il a toujours aimé les belles femmes et les jeunes. Arrivée à un certain âge, je ne lui suffisais malheureusement plus et lui vieillissant aussi, il a été obligé de payer pour avoir des aventures avec les femmes. Je me suis rendu compte un soir, en le suivant qu'il allait voir des prostituées, dans les rues agitées de Paris. Ce soir-là je suis rentrée en pleurs et me suis enfermée dans ma chambre. Je ne lui ai jamais dit que je savais, étant heureuse avec lui.
- Cela fait combien de temps qu'a eu lieu cette première escapade ? Marc ignorait comment désigner ces nuits ignobles. Sans même le connaître, Il n'appréciait pas cet homme. Comment pouvait-il faire subir cela à une femme qui avait l'air si généreuse ?
- Trois ans.
Bien. Savez-vous s'il se rend au même endroit à chaque fois ?
- Non je n'y suis jamais retournée depuis la première fois.
- Oui, bien entendu. Je comprends. La fois où vous l'aviez vu, c'était à quel endroit ?
- Rue Nicolet, c'est à six minutes à pied d'ici. Mais c'est mal famé comparé à notre quartier tranquille.
- Il est possible qu'il ait gardé ses habitudes et ait continué à aller là-bas. Je vérifierai sur place.
- Ça ne vous dérange pas de continuer de m'interroger en dînant ? J'ai pour habitude de dîner à

heure fixe. Vielle coutume pour vielle personne.
- Pas du tout. Au contraire, je commence moi-même à avoir faim avec les bonnes odeurs qui arrivent jusqu'ici.
- Vous allez voir, Patricia est une excellente cuisinière.

Au moment même, comme si tout était chronométré, la demoiselle arriva avec un plat fumant dans les mains. Il s'agit d'une viande mijotée. Culinairement parlant, Marc est un chef. En effet, quand la jeune femme, soulève le couvercle, les deux attablés observent le plat à base de viande et de carottes qui baigne dans une sauce relevée. L'odorat de Marc est fiable à cent pour cent. Jamais encore, il ne lui est arrivé de se tromper sur le contenu d'un plat. Uniquement avec le pif. Il sent la carotte à un kilomètre. Meilleur odorat, on fait pas. Un vrai phénomène. Patricia prend les assiettes une à une et sert selon Marc, des portions plutôt minces. Mais, il ne se fait pas remarquer. Il n'est pas ici pour montrer son naturel glouton ou ses talents olfactifs.

- Si vous le voulez bien, nous allons continuer Madame Millau. Plus vite je saurai tout, plus vite je serai au travail et votre mari de retour chez vous.
- Sylvie ! nous avons dit que nous nous appelions par nos prénoms. Cependant, vous me semblez bien optimiste, jeune homme.
- Il faut Sylvie. J'ai bien réfléchi aujourd'hui et je suis arrivé à la conclusion qu'il y a de grandes chances pour que votre mari soit en vie. Sinon, il aurait été retrouvé par la brigade de nuit. J'en donnerais ma main à couper. Est-ce-qu'il entretenait des relations compliquées avec certaines personnes

? Au travail par exemple ?
- Non. Pas à ma connaissance. C'est quelqu'un de très jovial et drôle. Il était aimé par ses collègues et souvent, le midi, ils mangeaient ensemble. Dans une brasserie.
- Quelle profession exerçait-il ?
- Conseiller clientèle dans une banque, située dans le douzième arrondissement. Elle n'existe plus aujourd'hui.
- Aimait-il son métier ?
- Oui, bien sûr. Il était très proche des gens et aimait les aider autant qu'il le pouvait. Parfois, Paul était en contact avec les démunis, et il prenait le parti de les secourir. Une fois même, on a hébergé à la maison, un couple de jeunes gens, pendant un mois. Ils n'avaient plus de quoi payer leur location les pauvres. Mais Paul a trouvé au jeune homme, un travail dans une banlieue parisienne.
- Votre mari est-il resté en contact avec ses collègues ?
- Oui, un. Euh…laissez-moi réfléchir. Il s'appelle Dumas, Fabrice Dumas. Mais il l'appelle toujours Dumas, en référence à l'auteur. Ça le fait rire. Vous voulez son numéro ? Je crois qu'il doit être dans notre carnet d'adresses.
- Je veux bien, s'il vous plaît.
- Restez-là, je m'en occupe » réagit rapidement Patricia. Qu'elle était charmante !

Marc continuait à noter tout ce qui lui paraissait important. Problème : tout lui paraissait important. Il avait mal aux doigts. Cela faisait maintenant quelques années qu'il n'avait pas autant écrit avec autant d'énergie et de rapidité. Patricia revint dans la pièce, tenant dans sa main un petit carnet rouge à spirales. Il ressemble tout-à-fait à celui sur lequel

Marc est en train d'écrire en ce moment. Elle le lui tend. Il est ouvert à l'intercalaire de la lettre D.

- C'est le dernier nom. Tout en bas de la page, lui indique-t-elle.
En effet, Marc l'aperçoit et note dans un coin son adresse et son numéro de téléphone. S'il arrive à contacter ce fameux Fabrice, Ce dernier pourra sûrement lui donner des informations.

- Vous disiez que la banque n'existe plus, il y a une raison particulière qui explique cela ?
Ça lui était revenu d'un coup d'un seul. La banque. C'était une bon mobile de crime. Un bon début.

- Oui, elle a fait faillite à cause du directeur qui, semble-t-il, ne savait pas assumer ses responsabilités. Ça, c'est la version de la police.
- Et la vôtre ?
- La mienne ? Comme celle de mon mari. Comme celle de tout le monde d'ailleurs. Il a subtilisé l'argent.
- Qui ça ?
- Le patron de la banque. Enfin, cela n'a jamais été prouvé mais c'est ce que l'on pense tous.
- Mmh intéressant.

Marc ne voit plus quoi demander. Une fois le dessert et le café pris, ayant demandé deux ou trois petites confirmations, Il décide de partir. Avant, il prévient Sylvie qu'il aura sûrement besoin de revenir inspecter les lieux et voir s'il n'y a pas d'indices potentiels qui pourraient le mettre sur la voie de la disparition de son mari.
Dehors, il respire un grand bol d'air frais et met son chapeau sur le dessus de sa tête. Façon Piccoli

dans *Le Mépris*. Ô lecteur cultivé, te souviens-tu de cette merveilleuse séquence qui se déroule dans la salle de bain ? (Honte sur ceux qui osent dire "salle d'eau"). Posé de la sorte, le chapeau fait apparaître l'entièreté de son visage.

Marc a comme un sentiment de peur. Cette mission le prend de court. Il veut devenir détective certes, mais ne pensait pas qu'il serait aussi difficile de trouver une solution. Comment allait-il faire pour retrouver monsieur Millau ? Maintenant, Marc pense qu'il aurait dû écouter ses parents, qu'il aurait dû écouter René, qu'il s'était encore fait des illusions et que retrouver cet homme était l'affaire de la police. D'ailleurs, celle-ci avait peut-être raison. Qu'est-ce qui lui prouvait qu'il n'était pas parti ? Que Sylvie était tout simplement morte de chagrin ?

Non, il ne pouvait pas penser ça. Pas lui. Pas un détective. C'était une solution trop simple. Il ne pouvait pas se dégonfler. Pas maintenant. Et jamais d'ailleurs, ni physiquement ni moralement. Il avait promis à la vieille dame qu'il lui ramènerait son mari et il le lui ramènerait. Parole de détective.

Après une heure ou deux de repos, il irait questionner les prostituées de la rue Nicolet. Point final.

CHAPITRE 6 :
PREMIER TÉMOIN

Prenez une montre. La petite aiguille du cadran n'a pas eu le temps de faire un tour complet qu'il est déjà sur pieds. Il est vingt et une heures. Marc sort de son appartement. Il s'arrête devant la station de métro et regarde le plan. Il cherche la rue où se trouvent les prostituées que voyaient monsieur Millau. Ça ne devrait pas être trop loin. Vu l'échelle du plan, il conclut qu'elles se trouvent dans un rayon de trois centimètres sur la carte et donc à environ trois cent mètres sur le terrain. Banco ! Peu de temps après, il voit la rue. Il fixe dans sa tête l'itinéraire qu'il va prendre et se met en route. Pendant son trajet, il se demande comment il va procéder. Quelle sera la meilleure stratégie ? Parlera-t-il aux prostituées devant tout le monde ou alors en privé ? Paul avait-il ses habitudes avec une fille ou les connaissait-il toutes ? Après tout, il verrait sur place et ferait en fonction de ce que lui indiquerait son sixième sens. Bien

que Marc possède deux chromosomes X, il est doué de cet instinct si spécifique aux créatures féminines. Jusqu'ici il a toujours pu s'y fier.
Arrivé à destination, il voit les filles. On ne peut pas les rater. Dominant la rue depuis leurs talons aiguilles, tartinées de trois couches de fard, les lèvres boursouflées de rouge et des croûtes s'y formant. Les cils noirs de mascara—et non de tarama—. Pour faire plus simple, et surtout plus court : Elles sont vêtues de manière voyante et provocante, portent des mini-jupes et des chemisiers ouverts, dévoilant leur poitrine, semblable aux obus que l'on trouve encore sur les plages de Normandie. Un peu d'histoire ne fera jamais de mal !
On dirait des produits marketings en vente chez Lidl. Toutes identiques. Mais, le privé éprouve de la pitié pour elles. Ce ne sont que de pauvres jeunes femmes, condamnées à faire ça pour subvenir à leurs besoins. Elles sont assurément françaises et travaillent sans doute à leur compte. Les maquereaux n'emploient que des étrangères. Moins chères, vous comprenez. Marc le voit à leurs vêtements bon marché. On n'a pas affaire ici à de la prostituée de luxe comme on peut en voir à Pigalle ou dans des quartiers chics. Il y a donc quelque chose de sûr : pas de présence de maquereau. C'est déjà ça. Un risque en moins pour Marc. Il s'aventure sur le trottoir de gauche et commence son inspection. C'est une jeune femme. La trentaine. Mignonne. Elle semble avoir la tête ailleurs. Fume une cigarette.

- Scusez-moi, connaissez-vous un dénommé Paul Millau ?
- Pas entendu parler.

- Merci bien, mademoiselle. Bonne soirée.
Il essaie d'être le plus poli et respectueux possible même s'il sait pertinemment que la jeune femme s'en fiche éperdument. Soudain, une femme entreprenante surprend Marc.

- Eh mon mignon ?! Oui toi ! Viens te réchauffer ! Par une nuit froide pareille, c'est pas croyable de traîner comme ça. Viens zi becoter tantine ! Illico pesto.
Encore une gourmette, amatrice des fines recettes italiennes !
- Désolé madame, je ne suis pas ici pour ça. Connaissez vous monsieur Millau ?
- Y a que des filles ici. Les travelos c'est pas dans ce coin que t'en trouveras. Ici, on fait dans le décent. Dans le chrétien. Dans le propre. Dans le…
- Mais arrêtez ! Vous vous trompez. Il s'agit d'un de vos clients fidèles !
Voyant le regard déçu du jeune homme, elle lui répond qu'elle ne connait pas de Paul. D'un coup d'un seul, vient à Marc une idée inquiétante. Et si Paul ne donnait jamais ni son véritable nom ni son véritable prénom ? Jamais les prostituées ne pourraient, même de bonne foi même avec toute la bonne volonté du monde, de l'univers, de la galaxie, l'aider. Si ça se trouve, on ne donnait même jamais son nom. Après tout, ce n'était pas le but de la transaction. Marc ne pouvait connaître ce genre de détails, n'étant ni un professionnel, ni un client.

- Tu cherches qui toi ? s'enquit une plus âgée.
- Paul Millau, un monsieur très…
- Tu choisis une fille ou tu te casses ! On ne fait pas dans le monsieur, petit pervers.
Marc ne lui répond pas et s'enfuit, comprenant

qu'il est en train de créer un incident diplomatique, là où il a voulu mener une enquête discrète. Se faire remarquer dès le premier jour n'est pas une bonne chose. Le propre du détective est quand même de savoir agir avec tact. De plus, l'homme qu'il recherche venait le samedi satisfaire ses petits plaisirs personnels. Il était fort possible que la demoiselle ne soit pas présente ce soir-là. Soudain, il entend des pas derrière lui se rapprocher. Il se retourne brusquement, la main en l'air, prêt à tambouriner les naseaux de son agresseur. Il range donc sa pogne dans sa pocket arrière.
C'est une jeune femme. Elle a l'air innocente et tremble de froid. Elle vient à lui.

- On peut parler dans un endroit plus calme ?
- Qui êtes-vous ?
- Parlez plus bas ! Je vous ai entendu parler de lui.
- Vous le connaissez ???
- Vous ne savez pas où l'on pourrait aller ?
-Si, suivez moi, on va aller chez moi.
D'un pas précipité, ils arrivent au treize de la rue Simart. Dire autant de choses en une seule phrase tient du génie. Marc, ayant remarqué la faiblesse de la jeune femme, ils prennent l'ascenseur. La fille le prévient qu'elle n'a pas beaucoup de temps. On se demanderait vite où elle est passée et « madame Lucie » la sanctionnerait. Madame Lucie devait être la grosse qui avait engueulé Marc dans la rue. Il n'y avait donc pas un maquereau mais une maquerelle. Marc s'était trompé sur ce point. Cela commençait bien. Arrivé dans la chambre, Il lui montre de la main une chaise et va lui chercher un gros pull : son sweat-shirt préféré. Celui qu'il met après la séance de football.

- Merci vous êtes gentil.
- Vous savez où se trouve monsieur Millau ?
- Euh…non ! Pour être franche, j'allais vous poser la même question et je comptais sur vous pour me le dire.
- Ah… Elle se lève et se dirige vers la porte. Marc lui barre le passage.
- Ne vous inquiétez pas. je recherche monsieur Millau. Je suis détective.
- Détective ? Vous vous foutez de moi ?

Marc va chercher une de ses cartes de visite près de l'imprimante et lui en tend une. Ça commence à bien faire. Marre de ne pas être pris au sérieux. Elle la regarde avec soin et se rassoit comme si cela lui suffisait pour se convaincre que Marc était un homme de confiance. Ce dernier sort de sa poche son carnet et commence son interrogatoire.

- Qui êtes-vous ? Comment en êtes-vous arrivé à ce métier et surtout comment connaissez-vous monsieur Millau ?

La jeune femme lui apprend qu'elle se nomme Julie et qu'elle a trente ans. Elle est issue d'une famille pauvre. Ses parents sont décédés lorsqu'elle était adolescente et elle a ensuite vécu avec un jeune homme. Mais lorsque celui-ci a perdu son travail, ils se sont retrouvés à la rue et le banquier et sa femme les ont hébergés pendant…

- Attendez ! C'est vous le jeune couple dont m'a parlé madame Millau ? Vous êtes ceux qui ont été abrités chez eux pendant un mois ?
- A moins qu'il y en ait eu d'autres, oui.
- Mais alors ça veut dire que vous connaissez ma-

dame Millau ? Sylvie ?
- Oui, bien sûr. Plus gentille, ça n'existe pas.
- En effet ! rétorque-t-il à voix haute. Et vous n'avez pas honte de coucher avec son mari ?
La femme regarde le sol, se met à pleurer doucement. Elle essuie ses larmes dans les manches du pull du détective. Ce qui n'est pas pour lui plaire. Ce dernier se rend compte qu'il n'a été ni malin ni subtil. Ce n'est pas de cette façon que Marlowe parle aux témoins. Il faut trouver un juste milieu entre l'entente et la pression. Lors d'un interrogatoire, il faut toujours cacher ses sentiments et essayer de rassurer au maximum.

- Je vous prie de bien vouloir m'excuser mademoiselle. Continuez.
- Je ne voulais pas coucher avec lui.
- Que voulez-vous dire exactement ? Monsieur Millau vous obligeait à coucher avec lui ?
- Non. Ce n'est pas ce que j'ai dit. Arrêtez d'interpréter sans arrêt ce que je dis. Vous débutez, vous. Ça se voit. Les flics s'y connaissent mieux.
- Peut-être. Mais moi, mes missions je les mène jusqu'au bout. Vous verrez. Je retrouverai monsieur Millau coûte que coûte.
- Quelques mois après que notre sauveur a trouvé un nouvel emploi à mon mari, celui-ci m'a quittée pour une secrétaire. Il me reprochait de ne pas travailler et de profiter de son argent. Sans le sou, j'ai été obligée de me prostituer. Un soir que monsieur Millau rentrait d'une balade, il m'a vue dans la rue et a tout de suite compris la situation dans laquelle je me trouvais. Il a été discret et a joué le rôle du client parfait. Il a fait en sorte que tout le monde se méprenne.

La prostituée fait une pause. Marc n'en croit pas ses oreilles. Même madame Millau s'était trompé. Elle avait jugé son mari d'après ce qu'elle avait cru voir un soir, un contexte. Ce n'était en réalité qu'un triste malentendu. En passe de devenir un sinistre malentendu. Le pauvre diable essayait sans doute simplement d'aider Julie. Et puis, on pouvait aimer les femmes sans pour autant tromper la sienne. Tous les hommes ne trompent pas leur femme. Heureusement. Un rien attire. Marc en savait quelque chose. Lui qui était à la fois coureur de jupons mais aussi de robes et de pantalons. On a fait mieux comme blague, mais il est tard (pour moi en tout cas).

- Il m'a donc emmenée dans un hôtel et nous avons parlé plusieurs heures. Il voulait me ramener chez lui mais je ne le voulais pas. Je savais que Sylvie était jalouse de la relation que j'entretenais avec son mari. Il m'apprenait à aimer la littérature, la peinture, le cinéma. Chose qu'il n'avait pas besoin de faire avec elle. Je sentais et comprenais cette jalousie. De toute façon, j'avais vingt-neuf ans à l'époque et il fallait que je me débrouille seule.
- C'était donc il y a un an ?
- Oui, c'est ça. N'oubliez pas de le noter dans votre carnet.
Petite pique qu'elle lance en montrant du doigt la main de Marc qui ne cesse de gratter tout et n'importe quoi. Pas grave. Il fera le tri plus tard. Sans autre question du détective, elle continue à raconter son histoire.

- Monsieur Millau ne voulait pas me laisser comme ça. Il ne voulait pas ma laisser sans argent. Il m'a proposé le double de ce que je gagne en une heure.

Pour rien. Au début il venait pendant deux heures, me donnait de l'argent et repartait. Il disait que ça me permettrait de me reposer et de gagner plus d'argent, une grosse partie de ce que je gagne revenant à madame Lucie. Seulement, j'ai fait une erreur. Voyant qu'il louchait toujours sur mon décolleté, je lui ait offert mon corps, une fois, pour le remercier. Mais depuis ce jour, quand il venait me voir le samedi, on ne parlait plus. On faisait ce que je fais avec tout homme qui vient me voir rue Nicolet. Et il me payait toujours le double de ce que je lui demandais.

Marc jure. Décidément, la femme en face de lui a raison. Il s'emporte beaucoup trop rapidement. Ce n'est encore qu'un bleu. Il fait trop de suppositions. Il faut se fonder sur des choses concrètes. Qu'est-ce que ça lui faisait d'attendre quelques minutes de plus pour savoir la vérité. Il s'agissait d'une mission, pas d'un film devant lequel on ferait des hypothèses. Pour une fois c'était du sérieux et il fallait qu'il le comprenne.

- Donc, Paul couchait avec vous ?
- Oui.
- A quand remonte la dernière fois ?
- Samedi dernier.
- Bien sûr. Le jour de sa disparition.
- Quoi ??
- Oui, monsieur Paul Millau a disparu. Vous n'étiez pas au courant ?
- Non, bien sûr que non. J'étais seulement inquiète. Il n'avait jamais laissé passer un seul de nos rendez-vous.
- Mais rassurez-moi vous ne voulez pas me faire porter le chapeau hein ?

- Bien sûr que non.
- J'espère. J'ai rien à voir la dedans moi…c'est pour ça que samedi dernier…
Elle s'arrête brusquement le voyant se relever. Marc s'étire et va devant sa table de chevet. Il a tout ce qu'il lui faut. Il ouvre le tiroir et sort deux billets de cinquante. Il les tend à la jeune fille.
« Je ne vous raccompagne pas, j'ai du travail. A bientôt mademoiselle. Je vous recontacterai dès que j'aurais du nouveau. »
Elle sort de chez lui. Il s'assoit dans son fauteuil. Quelle journée. Il a beaucoup trop réfléchi pour aujourd'hui. Sa tête est lourde. Ses yeux papillonnent. Mais, une chose est sûre : la police se trompe. Paul Millau n'est pas parti. Oh non ! Il lui est bel et bien arrivé quelque chose. Mais quoi ?
Si vous voulez la réponse, alors je vous conseille vivement de lire la suite.

CHAPITRE 7 : RÉFLEXION

On est mardi et Marc a l'impression qu'il travaille déjà depuis une semaine. Il considère qu'il a bien travaillé hier et que cette matinée, il va la prendre pour lui. Il ira chez la dame de la vente aux enchères. Ça lui changera les idées. Après avoir pris une douche bien chaude et s'être rempli le ventre, il décide de s'y rendre. Dans le métro, il somnole vaguement. Arrivé devant la porte, il se demande si son entrée matinale est bien choisie. Il est tôt et débarquer sans prévenir chez des gens que l'on ne connaît que depuis trois jours. Même quand on a pensé aux petits fours sucrés… Ce qui est légèrement trop tôt d'ailleurs. Un éclair au petit déjeuner ; passe encore mais un baba au rhum non ! Faut pas exagérer.
Cependant la dame lui avait quand même proposé de venir quand il voulait. Et là, il se trouvait qu'il voulait y aller. Alors, au lieu de se poser d'autres questions, Marc appuie sur le bouton de l'interphone. Quelques instants après, une voix déformée

se fait entendre. C'est elle. Il n'y a pas de doute.

- Bonjour madame, je ne sais pas si vous vous souvenez de moi, nous avions convenu que je repasserai dans la semaine… par rapport aux films de votre frère.
- Ah oui, bien sûr, je me rappelle. Je vous ouvre jeune homme.

La femme se trouve toute souriante devant la porte. Cette présence accueillante réchauffe le coeur de notre héros, un peu dépassé par les événements. Enfin une situation agréable.

- Alors comment allez-vous mon cher cinéphile ?
- Bien merci. J'espère que je ne vous dérange pas. J'ai regardé les films que vous m'avez donné et ce sont de pures merveilles. Je n'avais jamais vu *Alphaville* et j'ai été très agréablement surpris.
- Vous les avez déjà tous vus ?
- Vous savez trois films…Ça se regarde très rapidement. Surtout de cette qualité là.
- Eh bien tant mieux ! Vous allez pouvoir me débarrasser de toutes ces vieilleries encombrantes alors.
- Je ne demande pas mieux. Mais dites-moi, vous n'aimez vraiment pas le cinéma ?
- Si, le cinéma. Mais au cinéma. Le petit écran, je ne supporte pas. Je vous laisse, je vais terminer mon thé. Si vous avez besoin de quoi que ce soit, n'hésitez pas. Je suis dans le salon, là où a eu lieu la vente. Les DVDs sont toujours au même endroit. Vous verrez, il y a deux caisses en plus qui ont été ramenées depuis l'autre jour.

Décidément cette femme surprenait de plus en plus

Marc. Sa chaleur humaine. Sa gentillesse. Sa philanthropie. Sa philosophie de la vie. Jamais, il n'avait fait la connaissance de quelqu'un d'aussi admirable. Elle n'avait même pas peur de laisser un inconnu seul chez elle. Ce n'est pas Marc qui agirait de la sorte.

Arrivé dans la pièce, il se rend compte que les nouveaux cartons sont de belle taille. A en juger l'apparence, ils ont l'air plein et mesurent environ un mètre de large sur soixante centimètres de haut, ce qui permet de ranger un bon nombre de films. Il commence par ouvrir un premier carton. Enlève la bande adhésive. Souffle sur la poussière et l'ouvre. A l'intérieur se trouve des boîtes en métal rondes et épaisses. Etrange pour des boîtes de films. Leur diamètre est bien trop grand pour ranger les fameux Digital Versatile Disk. Il ouvre une des boîtes, non sans mal, et observe ébahi, une pellicule trente-cinq millimètres. Il est sidéré. C'est la première fois qu'il en voit une de si près. C'est un spectacle merveilleux. La seule fois qu'il avait été face à une pellicule de ce genre, cela avait été lors d'une exposition à la Cinémathèque. Mais en aucune façon, il n'avait pu la prendre dans ses mains et l'observer sous tous ses angles. A l'intérieur du couvercle en aluminium, figure sur une étiquette l'inscription suivante : *"Pathé Baby*, 1923 : *L'arroseur arrosé"*. Pathé doit sûrement correspondre au producteur connu de tous. *L'arroseur arrosé* est un des premiers films de l'histoire du cinéma. Il a été réalisé par les frères Lumière. Marc l'avait déjà vu sur *Youtube*. Quant au « baby » il ne comprenait pas. Pourquoi ce film serait plus destiné à des enfants qu'à des adultes. Il demanderait à son hôtesse.

Après avoir ouvert le second carton, il se place

devant les films et pendant une bonne grosse heure les trie tous. La pile de gauche, les films qu'il a déjà ou qui ne l'intéressent pas. La pile de droite, bien plus conséquente, les films qu'il va prendre : des Ford, Huston, Hawks, Wilder, Lubitsch, Wyler mais aussi des contemporains tels que Scorsese, De Palma, Coppola et James Gray. Surtout des Américains donc. Mais pas que. Il y a aussi quelques films japonais de Kurosawa. Il a pioché parmi des réalisateurs français connus comme Renoir, Allégret, Sautet ou Tavernier.

- Vous voulez un sac peut-être ?

Marc sursaute et se retourne. Son hôtesse est appuyée contre la porte. Voyant qu'il a eu peur, elle part d'un grand éclat de rire comme une jeune fille, contente de sa blague.

- Je veux bien, répond-il naïvement, un grand sourire se dessinant sur ses lèvres.

Elle part et revient presque aussitôt avec deux grands sacs *IKEA* bleus. Toute bonne famille qui se respecte possède ce type de sac chez elle. dans un placard. Pour ranger le linge à repasser par exemple. Elle les lui tend et ils commencent tous les deux à ranger les films par petites piles. Elle siffle lorsque cette opération est finie. Cela tient dans un sac mais c'est juste. Il regorge de boîtes. Effectivement, Marc n'y est pas allé de main morte. Lorsqu'on lui propose quelque chose avec générosité, il accepte avec générosité. C'est normal.

- Je voulais vous poser une question par rapport

aux bobines dans le carton. Pourquoi y a t-il écrit *Pathé Baby* sur le couvercle ?
- Ce sont des bobines ? Ah oui ! C'est étrange je pensais qu'il s'agissait d'autres DVDs.
Elle s'approche du carton et l'ouvre. Marc se dépêche de l'aider.
- S'il y a des bobines, normalement, il devrait y avoir son projecteur.

En même temps qu'elle prononce cette phrase, elle sort une grosse mallette avec l'anse protégée par du papier bulle.

- Je vous présente le *Pathé Baby*. Mon frère l'a récupéré à petit prix dans une vente aux enchères en Allemagne lorsqu'il avait à peu près votre âge. Lorsqu'il a eu vent de la liquidation d'un château dont le propriétaire était passionné par le cinéma, il est parti et on ne l'a pas revu avant une semaine…
C'est un petit projecteur, inventé au début du XXème siècle. Il était utilisé pour faire des projections privées. Vous voulez que l'on voit un film ? Si je me souviens toujours comment fonctionne cette vieillerie.
- Oh oui ! Avec plaisir. Mais pourquoi "Baby" ? Vous le savez ?
- Seulement parce qu'il s'agit d'un projecteur destiné aux particuliers. Du moins, d'après les modestes souvenirs que j'ai des discussions unilatérales que j'ai pu avoir avec mon frère. A l'époque ça semblait facile à transporter. Aidez-moi à le poser sur la petite table, près de la fenêtre.

Ils le portent tel le saint Graal et le dépose délicatement. Elle s'occupe d'enlever le papier protecteur pendant que lui va chercher une bobine. Et pas

n'importe laquelle. *The Great Train Robbery* soit *L'attaque du Grand Rapide* dans sa traduction française. Mais Marc préfère les titres anglais. Les originaux. Plus classe à coup sûr. Il s'agit du tout premier western de l'histoire du cinéma et il ne l'a jamais vu. Il le sait juste car il l'a lu dans un livre. Il regarde la femme placer la bobine sur le mécanisme. Puis, celle-ci lui demande d'éteindre la lumière. Il y va et s'assoit sur une des deux chaises placées devant le mur, faisant office d'écran. Il est excité comme un enfant qui déballe ses cadeaux de Noël. Il entend le bruit de la pellicule derrière lui, voit l'image qui bouge et s'anime. L'histoire n'est pas très originale mais dire que ce film a cent ans ! *Tout de même* !
Il n'y a pas d'autres mots. Je suis confus, désolé. On est obligé d'en passer par là. Marc en est ému. Oui, ému aux larmes. Clic. Plus de pellicule. Fin du film. Marc remercie la dame pour la projection et pour les films. Avant de partir, Il se présente rapidement et parle de son nouveau métier. Il veut que la femme sache que si elle a besoin d'aide un jour, elle pourra compter sur lui. Puis, il l'informe qu'il souhaiterait les inviter, elle et son mari, un soir pour dîner. En signe de remerciement. Elle sourit et lui donne son numéro.

- Appelez-moi quand vous voudrez. Ça sera avec grand plaisir, Marc.

Il s'engage pour partir et se rappelle la présence des petits fours. Il a oublié de donner les gâteaux à sa bienfaitrice ! Il les lui offre timidement et part les mains chargées.

Il est midi moins le quart et notre héros se sent

bien, prêt à repartir plein d'énergie pour sa mission. A table, il relie ses notes. Aujourd'hui, il faut qu'il contacte l'ancien collègue de monsieur Millau. Il doit aussi étudier le chemin qu'empruntait ce dernier pour aller voir Julie le samedi soir. Ainsi, il pourrait distinguer plus précisément où il avait pu disparaître.
Après avoir mangé, il compose donc le numéro du fameux Fabrice. Comme il ne décroche pas, il laisse à celui-ci un message, lui disant de le rappeler au plus vite. Il prend soin d'ajouter que c'est une question de vie ou de mort. Ainsi, selon lui, l'homme devrait le rappeler plus rapidement.
Il se rendra compte plus tard, que ça ne lui aura fait ni chaud ni froid. Ce dernier ne rappelant jamais. Voilà à quoi ressemblaient les gens de confiance de nos jours ! Bravo. Belle mentalité…
Ensuite, il sort en ville et se rend dans un de ces kiosques où les touristes chinois pullulent. Il en regorge dans tout Paris. Des kiosques, pas des Chinois, je vous vois venir ! Je n'oserais pas.

Il achète donc un plan. Il en aurait voulu un du quartier mais le commerçant l'informe que dans Barbès, il n'y a pas beaucoup de choses à visiter. Chose qu'il savait très bien d'ailleurs. Marc achète donc un plan de toute la ville. Ce n'est pas grave après tout. La carte est précise. C'est ce qui compte le plus. Sur le chemin du retour, il s'arrête au bar tabac de sa rue : "Chez Gino" et achète une cartouche de Philipp Morris. Marc grince des dents en sortant. Il est à court d'argent et il va devoir passer chez les Millau pour que Sylvie lui paie en avance sa première semaine de travail. Une fois rentré chez lui, il s'installe à son bureau, pousse contre le mur son vieil ordinateur et prend une paire de ci-

seaux. Il découpe soigneusement la carte et trace au feutre Velleda le trajet du disparu. Puis, il regarde le cercle qu'il a tracé et se rend compte que l'homme a pu disparaître à n'importe quel endroit et qu'il n'est pas plus avancé. Il commence à en avoir marre. Il voudrait avoir fini son enquête alors qu'elle a à peine commencé. Le doute s'agrippe à lui. Il se sent idiot et bon à rien. Le remède ? Regarder *The Big Sleep* et s'inspirer de son héros ?
« Non. C'est trop simple ! Ça serait contourner l'enquête. Je ne dois pas admirer Marlowe. Je dois être Marlowe. Bon Dieu ! »
Sur ces mots, il enfile son imperméable et claque la porte derrière lui. « Le remède, il est simple, il faut que je trouve pourquoi cet homme a disparu et où il se trouve actuellement. »

Notre ami se rend dans le douzième arrondissement, dans le quartier où se trouvait le lieu de travail de l'homme. Peut-être qu'il pourrait y trouver une connaissance qui lui donnerait des informations utiles. Il arrive dans la rue. Elle est étroite et surtout, elle passe tout-à-fait inaperçue. Premier problème : Marc ne connaît pas le numéro de la rue. Il va devoir se renseigner. Il parcourt du regard les deux trottoirs et aperçoit en face de lui, de l'autre côté de la chaussée, une vieille dame qui sort de son appartement. Il court d'un pas volatile jusqu'à elle et l'aborde gentiment.

- Excusez madame, vous habitez depuis longtemps ici ?
- Roh ! Dites, si c'est encore pour un sondage sur votre internet à la noix, vous pouvez aller voir ailleurs si j'y suis hein ! J'ai assez donné comme ça avec vos collègues. Je ne m'abonnerai pas, je ne

m'abonnerai pas. Inutile d'insister !
- Non, vous n'y êtes pas du tout madame. C'est juste pour savoir si vous savez où se trouvait l'ancienne banque de cette rue.
- L'ancienne banque ?
- Oui.
- Celle qui a fait faillite et qui nous a tous laissés sur le carreau ?
- Oui, sûrement. Celle-là même.
- Vous voyez le store de la petite boucherie au fond de la rue ?
- Oui je le vois.
- Le bâtiment juste à sa droite. Elle était là, votre banque. Mais si vous venez placer votre argent, vous venez trop tard mon petit gars.
- J'enquête sur la disparition d'un des anciens employés pour être plus précis. Vous le connaissez peut-être ? Il se nomme Paul Millau.
- Ce nom là ne me dit rien du tout. Mais moi vous savez, moins je connais ces gens-là, mieux je me porte. Et puis, rien ne vaut mieux qu'un bon matelas pour cacher sa fortune. En quatorze-dix-huit, on faisait tous comme ça et on n'avait aucun problème. C'est moi qui vous le dis.
- Je suis bien d'accord. Allez, je vous laisse madame. Merci beaucoup.
- Faites attention à ce maudit patron tout de même.
- Vous parlez du patron de la banque ?
- Lui-même. Il traîne toujours dans le coin. Vous verriez son regard de truand et sa dégaine de vipère. Un coupable à coup sûr, celui là. Y a bien que la police pour ne pas s'en rendre compte.

En disant ces derniers mots, elle tournait au coin de la rue. Il avait un nouveau personnage dans son histoire… Euh disons plutôt son enquête. Tout de même, il s'agissait de la disparition de quelqu'un. C'est un sujet sérieux. Pas un vague racontar de quartier. La dame avait employé des mots qui intriguaient beaucoup Marc. Elle avait parlé d'escroquerie, de patron et de pleins de choses encore qui ne disaient rien de bon à Marc. En la voyant rentrer chez elle, il note dans son carnet, son numéro d'appartement au cas où il en aurait besoin.

Le détective marche jusque'à l'endroit indiqué par la dame et une fois devant la porte, se rend compte que l'endroit n'a jamais été racheté. Un panneau de vente est présent, cloué sur le bois défoncé de celle-ci. Il est à moitié arraché et délavé par la pluie. Au-dessus de la porte massive se trouve l'enseigne de la banque "Frères Delamare & Co". Cela lui rappelle quelque chose. Cette appellation lui est familière. Il cherche, se souvient et sourit. Aucun rapport. Tout le ramène toujours au cinéma. Le nom de la banque lui a rappelé un titre de film *Borsalino & Co*, la suite de *Borsalino* mais moins bien. Forcément sans Belmondo…c'était risqué. Mais bon le film est tout de même…

- On peut l'aider ?

Mais qui ose ainsi couper la parole du narrateur ? Devant Marc se trouve un môsieur bien en chair. Il porte un tablier couvert de sang. Des traces de doigts qui semblent avoir glissé sur le thorax de l'homme, salissent le tablier.
Marc songe d'abord à lui asséner un coup en pleine poire de peur qu'il ait assassiné quelqu'un. Peut-être Paul ? Enfin ! Son enquête touche au bout ?
Puis, dans un second temps, il se rappelle qu'une boucherie jouxte l'ancienne banque et se ravise.

- Pardon ? Qui ça ?
- Bah lui ! dit l'homme comme une évidence, en le montrant avec son couteau.
- Ah moi ? Excusez, je n'avais pas compris que vous me parliez.
- Bah oui, j'ai ben compris. Il cherche quoi dans le quartier ?
- Il… euh, je veux dire, je cherche des informations sur cette banque.
- C'est t-y vrai ? Se sont enfin décidés à rouvrir l'enquête, les poulets ?
- Ah non. Je suis un détective privé monsieur. J'enquête sur toutes les histoires autour de cette maudite banque. Quelle conclusion avait tiré la police à l'époque ? Et d'ailleurs, de quand date la fermeture de la banque ?
- La police ? Z'avaient dit qu'y avait eu un problème de gérance. Un problème de gérance. Mes fesses oui. Le problème, il est qu'on s'est fait tiré not' blé. Ça, c'est un problème. Il est pas d'accord, le détective ?
- Oh si, si bien sûr. Et vous ? Vous vous souvenez précisément de la date à laquelle la banque a fermé ses portes ?
- Oh non. Vous savez, moi les chiffres. Faudrait d'mander à la caissière plutôt.
- La caissière ?
- Ouais.
- Et, où peut-on trouver cette charmante personne je vous prie ?
- Hein ? Bah, à la caisse pardi ! Ha ha ! Quelle idée ! Où que vous voulez qu'elle soit ? Une caissière, c'est à la caisse ! Elle est ben bonne celle-là. Ah. Ah.
- Il s'agit de votre femme ?

- Bah ouais. Un beau morceau, la Ginette. Ah ah !! C'est moi qui vous le dis.

Il crie son nom depuis la rue en invitant Marc à le suivre dans sa boutique. Ça sent la viande fraiche et même on pourrait dire le sang frais. D'où les taches sur le tablier. Marc a un haut-le-coeur en passant le pas de la porte.

- Dis-moi la belle, t'souviens d'quand ça date la fermeture des voisins ?
- La banque ? Ça devait être en 1995, me semble ben.
- Ouais c'est ça. On allait chez les Dubuc, ce jour-là. Quand on est sortis, y avait l'autre fumier de directeur entouré par la flicaille. Il était menotté et on l'emmenait dans une voiture. C'aurait été moi, pas de chichi. La guillotine et po de pitié pour les voleurs.
- Il a été accusé de quoi au juste cet homme ?

La femme lui répond que l'on n'a pas pu trouver de preuves suffisantes à l'époque pour le condamner et que, par conséquent, il a été relâché. Il est resté dans le quartier, dans une petite chambre de bonne au-dessus de la banque. Tiens, comme lui enfin la sienne est pas mal grande. Ça leur fait un point commun. Aussitôt Marc se sort l'idée de l'esprit. Il était réellement en train de se comparer à un présumé coupable. Bon Dieu ! Quelle horreur ! Il perdait la tête.
D'après la caissière, le banquier ne sort que très rarement, paraît très fatigué et pauvre. Selon elle, il ne s'agit en fait que d'un subterfuge.

- Il veut faire croire qu'il n'a pas notre argent mais

en fait son magot se trouve bien caché voilà tout.
- Mmh, mmh, je comprends très bien votre colère.
- Si jamais vous arrivez à arrêter cte salaud, surtout, prévenez-nous. La caissière et moi, on se fera un plaisir de témoigner à la barre, comme y disent à la télé.
- Je vous remercie de votre coopération. Au revoir.
- A la revoyure monsieur le détective.

Quels fous ! Marc sort de la boucherie à la recherche de bouffées d'air. Enfin. De l'air. Quelle puanteur. Comment pouvaient-ils vivre avec cette odeur ? Marc ne voulait pas paraître impoli et était resté sans les interrompre. Face à des gens pareils, cela n'aurait pas été très grave de sortir. Les gens bizarres ne sont pas surpris par des réactions bizarres, non ?

Il retourne chez lui en repensant à ce que lui ont dit les voisins. Marc songe qu'ils ont tous l'air de ne pas aimer le fameux directeur de banque et il ne sait pas s'il a hâte ou non de découvrir ce singulier personnage. Serait-il aussi monstrueux qu'on le lui a décrit ? La bouchère avait même longuement insisté sur son aspect inhumain : les doigts crochus, la démarche lente et le corps toujours voûté.
Marc n'arrive pas à trancher : pour lui, cela ressemble plus à des ragots de quartiers qu'autre chose. Lui-même est mêlé à ce genre de rumeurs. Dans son immeuble, règnent depuis qu'il y vit quantités de ragots sur son compte, qui l'amusent d'ailleurs plus ou moins. Selon ses voisins de quartier, tantôt il avait la galle, ce qui expliquait son côté renfermé. Tantôt, il était un homosexuel refoulé, qui n'assumait pas son amour pour les hommes. Une fois même, il avait croisé une femme qui lui

avait demandé s'il connaissait "un pauvre jeune boutonneux qui avait perdu ses parents". Et ce n'est que plus tard, une fois qu'il eut connu tous les habitants de l'immeuble, qu'il repensa à la vieille folle et comprit que celle-ci parlait tout simplement de lui. Ce que les gens peuvent être dingues. Ils le sont tellement qu'ils ne savent même plus qui ils critiquent.

Marc décide de prendre le métro. Même pour deux arrêts. Il est fatigué et a besoin de s'asseoir. Tout en réfléchissant, il arrive à l'arrêt du Métropolis.
Un sourire détendu se dessine sur ses lèvres lorsqu'il entend le son aigu des wagons arrivant à toute vitesse sur les rails. Le métro arrive devant le détective avec une rapidité fulgurante. Il aime quand il n'a pas à l'attendre. Ce qui arrive très rarement. A Paris, ou l'on arrive après que le métro est passé ou alors il y a trop de monde devant nous et l'on ne peut pas y pénétrer. Il faut donc attendre le prochain. Un vent de type montagnard mais nauséabond, arrive sur le quai en même temps que le métro. Il arrive avec une telle vitesse, une telle force que les passagers s'inquiètent de savoir si le métro va s'arrêter. Ah oui, ça aussi, ça arrive et plus souvent qu'on ne le pense.

Une fois dans le métro, sur sa banquette deux personnes —monsieur aime le confort— Marc réfléchit à son enquête. Tout à coup, sans savoir pourquoi, il lui vient à l'esprit qu'il n'a pas donné de code à cette enquête. Pour beaucoup, voire la plupart des détectives privés, cette précision aurait l'air ridicule et inutile. Pour Marc, c'est un élément extrêmement important. Comment a-t-il pu l'oublier ? Dans tous les bons films d'espionnage,

l'enquête du héros porte un nom qui doit donner envie de la résoudre. Attention ! C'est un point très important. Premier élément de la recette d'une enquête. En prenant soin bien sûr, de mettre de côté certains films franchouillards où les missions portent des noms comme *Opération Corned Beef*, *Topinambours chez les Irlandais*, *Andouillettes vs The Mafia* ou autre joaillerie. Non, il fallait se référer aux bons *James Bond*, à la série des années soixante *Agents très spéciaux* et évidemment aux films noirs. Pour Marc, vous l'aurez deviné, son enquête s'appellerait "Code M.A.R.L.O.W.E." Cela ne pouvait être autrement. Il aimait le côté majuscules, en lettres détachées pour en accentuer l'importance et le mystère. La ponctuation montrait aussi sa détermination et puis, il pourrait toujours trouver un sens à chaque lettre. Le M c'était pour Marc. Ensuite, il fallait lui laisser un peu plus de temps pour trouver les autres lettres. Le M était évident. Pour les autres lettres c'était déjà plus compliqué, sans parler du W. Pourquoi son personnage préféré n'était pas Spade ? Spade aurait été plus simple. Il y penserait pour sa prochaine mission.
- Salut vous.
Marc se retourne. Un peu , c'est tout. Uniquement ce que lui permet sa condition de détective. Il aperçoit, juste au-dessus de sa tête, face à lui, Patricia. La jeune femme au service de sa cliente. Suivez un minimum, je ne peux pas tout vous rappeler.

- Qu'est-ce que vous faites là ?
- Déçu ?
- Non du tout !
- On est mardi. Il est bientôt sept heures. Alors comme tous les mardis, à la même heure, je ra-

mène les courses pour madame Millau. Et vous ? Comment allez-vous ? Vous avez l'air fatigué. C'est la disparition qui vous met dans cet état ?
- Je dois vous avouer que oui répond-t-il en remarquant qu'elle fait les questions et les réponses. Je ne pensais pas que ça serait si difficile, je dois l'avouer. Oups c'est notre arrêt là…

Ils descendent. Marc porte le cabas de la jeune fille hors du wagon.

- Vous disiez ?
- Rien de particulier. J'ai légèrement avancé dans mon enquête. Je reste sans concessions avec moi-même. Je le retrouverai.
- C'est tout ce que l'on vous demande monsieur Touaine. Je vous laisse. Dans la famille où je travaille, on a pour habitude d'être à cheval sur les horaires. A bientôt, et j'espère avec de bonnes nouvelles.
- Je l'espère sincèrement aussi. A bientôt.

Il aime profondément cette femme. Mais il n'arrive pas à décrire ce sentiment. Est-ce de l'amitié ou de l'amour avec un grand A ? Et s'il s'agit de la deuxième option, alors son sentiment est-il un amour de cinéma ou une vague amourette ? Marc ne se rend pas compte. Bien que sentimental, son dernier vrai amour remontait à bien longtemps. Peut-être pas à l'école primaire, mais pas loin.
La chaleur et l'humanité qui se dégagent de Patricia l'attirent. Le vert étincelant de ses yeux reflète la joie de vivre. Sa silhouette est fine, les courbes de son corps apparentes, en dépit de son gros manteau à boudins. Sa voix légère est réconfortante, l'odeur de sa peau sucrée. Pour faire simple, tout

chez elle attire le regard. Cependant, deux choses l'agacent. D'abord, il n'arrive pas à savoir où il a vu ce visage. Et il sait qu'il le connaît. Elle doit ressembler à une actrice mais laquelle ? La silhouette élancée et la physionomie de la jeune femme lui sont familières. La voix non. Elle ne lui disait définitivement rien. Mais son visage, cette bouille toute mignonne, si. Avec du temps et de la réflexion, il allait sûrement retrouver à qui elle lui faisait penser. L'autre chose qui énerve le détective, est plus embêtante. Il s'agit de la femme elle-même. Ou plutôt de son comportement. Marc n'apprécie pas la façon dont celle-ci lui parle. Il comprend bien que Patricia affectionne beaucoup monsieur Millau et qu'elle s'inquiète de sa disparition mais, de là à lui infliger une pression supplémentaire…

Marc passe devant le bar-tabac. Il s'arrête, fait demi-tour et y pénètre. Il demande un paquet de clopes. Il n'a pris qu'un paquet pour sa journée et celui-ci est fini depuis déjà plusieurs heures. Le reste de la cartouche se trouve dans le tiroir de la commode. Mais il n'a pas le temps d'attendre d'être chez lui. Même cinq minutes, il ne peut pas attendre. Il faut qu'il s'en grille une. Maintenant. Ensuite, il se dirige vers la sortie mais se ravise, entendant les commentaires annonçant le début d'un match de football. La clope ou le foot ? Lequel sera le plus fort ? On ne manque pas un match opposant l'Olympique Lyonnais à l'Olympique Marseillais. Même si Marc ne supporte ni l'un ni l'autre. Deux noms stupides qui, désignent deux équipes stupides. Et tac ! Il n' a que le respect des joueurs. C'est tout.

Rentrer chez lui ne lui prendrait que quelques minutes mais c'était une question de principe. Et aussi, il faut l'avouer, Marc a très soif.

- Une petite mousse Gino, steu plaît ! lance-t-il en direction du barman.

La bière, il peut la boire. C'est différent du whisky. C'est doux. Ça se boit comme du petit lait.
Il s'assoit sur une vielle banquette en face de la télévision et reste scotché face à l'écran. Ce n'est que lors de la mi-temps, que le jeune homme remarque que sa bière a été servie et qu'elle doit l'attendre depuis un bon bout de temps. Le match durant une heure et demie, la mi-temps le scindant en deux parties égales —logique— cela faisait quarante-cinq pauvres minutes que sa mousse l'attendait ! De cela, Marc s'en aperçoit tout de suite en sentant le liquide tiède contre ses lèvres. Il s'en moque, la bière lui fait du bien aux papilles. Elle le détend. Il en a même oublié son propre cours. Son cours de football. Son coach ! Olivier ! Et Jean !!
Décidément, il fallait qu'il se reprenne en mains.
Pour l'heure, il discute et parie avec les clients de "Chez Gino" il se sent bien et ne pense plus à autre chose qu'au match qui se déroule sous ses yeux.

CHAPITRE 8 : RÉSOLUTION

Ce matin, Marc se lève avec une conviction formidable. C'est bon. Il a confiance en lui. La veille, avant de s'endormir, il s'est souvenu de son film fétiche et s'est demandé ce que ferait Marlowe à sa place. Il a trouvé. Il sait donc quoi faire.
Il appelle son entraîneur, lui explique brièvement qu'il est sur une grosse affaire et que, par conséquent, il ne pourra pas venir aux cours cette semaine. Il lui a parlé de son nouveau job. Ça l'a fait rire. Un de plus. Il raccroche.
Non, évidemment que ce n'est pas ce qu'aurait fait Marlowe. Ne faisant pas de football, on se demande bien pourquoi il aurait appelé un entraîneur pour le prévenir d'une absence quelconque. Marc était poli et pour lui, c'était la première chose à faire.
Ce dont le détective s'est souvenu, c'est qu'au cinéma comme dans la réalité, on n'est jamais seul. On a toujours quelqu'un pour nous aider. La secrétaire de Sam Spade. La merveilleuse Vivian Rut-

ledge, magnifiquement interprétée par Lauren Bacall, pour Marlowe. Le colonel à la retraite pour Jack Reacher. On a toujours quelqu'un. Seulement, pour Marc, il ne s'agissait malheureusement pas d'une femme sublime. Autrement, il y aurait pensé bien plus tôt. Non, sa Lauren Bacall à lui, c'était René. Pour vous donner une image un peu plus parlante, on pourrait rapprocher le vieux commerçant de Stumpy, le personnage de *Rio Bravo*, un grincheux à la réflexion subtile et efficace, un vieillard bougon à la cervelle en or. Ce joyeux animal qui plus est, est doté d'une mémoire incommensurable.

Une fois douché et le ventre plein, le jeune homme part en direction de la vieille boutique. Celle-ci ouvre ses portes à huit heures. Courageux le René. Marc est légèrement en avance. Il décide donc de faire le tour du pâté de maisons tout en réfléchissant aux informations qu'il a obtenues ces derniers jours et qu'il pourrait fournir à René afin qu'il comprenne la situation. La disparition inexplicable. La prostituée. Le directeur de la banque. Tout se mélangeait dans sa tête.
Soudain, il voit une petite silhouette qui se penche pour ouvrir le rideau métallique du chapelier-maroquinier. Il se presse d'aider René et lui explique la raison de sa présence.
René lui rétorque qu'il n'a pas de conseils à lui donner. Il est loin d'être détective après tout. Mais, grand seigneur, il invite quand même Marc à prendre un café.
Sans le savoir, pendant la discussion, René avait dit quelque chose de très important à Marc. Il avait parlé de rendre visite au directeur de la banque ou du moins de voir à quoi celui-ci ressemblait. Marc

était déçu de ne pas y avoir pensé lui-même. Seulement, comme l'avait aussi fait remarquer le vieux vendeur, c'était une tâche plus que dangereuse. Surtout lorsque l'on connaissait la réputation du banquier.
En rentrant chez lui, le jeune homme réfléchit longuement à à la manière dont il allait procéder pour avoir des informations sur le patron de la banque, avant de le rencontrer. Il décida de faire un tour dans son appartement. Aussitôt après, il pensa à appeler son ami footballeur Olivier. Le bricoleur. Celui qui avait réparé sa télévision il y a quelques années. Un passionné des micro et nano machin-chouettes. Une serrure de chambre de bonne ne doit pas être difficile à fracturer lorsque l'on a pour hobby d'ouvrir des coffres-forts le week-end.
Chacun ses passions. On ne critique pas. Attention, doucement les basses. Ce n'est pas un cambrioleur. Loin de là. Ne vous méprenez pas. Imaginez le tableau trente secondes : un cambrioleur et un détective, meilleurs amis ? Ce serait drôle mais seulement pour un film. Sa passion : réussir à percer des mystères, réussir des choses qui ne sont pas à la portée de tout le monde. Avec les coffres-forts, il avait trouvé un véritable défi à relever. Dernièrement, sur les bancs de touches, il avait dit à Marc et Olivier qu'il s'était procuré le coffre dernier cri, celui qui venait de sortir. Un coffre installé dans les plus grands casinos de Las Vegas. Pénétrer dans l'appartement du banquier s'avérait donc techniquement possible lorsqu'on connaissait Olivier. Ce qui poserait le plus de problèmes, était de trouver un moment où l'appartement serait vide. Une fouille, quand les propriétaires sont présents, se remarque toujours beaucoup plus. Bizarre. Je dirais même plus : à méditer. Etant donné que le suspect

est chômeur, ça ne s'avérait pas gagné d'avance.

CHAPITRE 9 : RÉUNION

- Allo ?
- Salut Olivier. C'est Marc, ton footballeur préféré. Dis moi, c'est bien aujourd'hui ton jour de congé ?
- Ah salut mon grand ! Ouais tous les mercredis c'est détente. Qu'est ce que je peux faire pour toi ?
- Tu te souviens, l'autre jour je vous avais parlé, à toi et Jean, de l'affaire importante sur laquelle je travaillais en ce moment ?
- Ton disparu ?
- Oui, voilà. Est-ce que ça serait possible de te voir aujourd'hui ? Rapport à tes doigts de fées…
- Aaaah, là, mon Marc, tu m'intéresses. Dis-moi c'est légal au moins ?
- Pas trop, mais bon je travaille presque pour l'Etat. Le bien de la population. C'est kif-kif. Tu me fais confiance ?
- Bien sûr. La vie, c'est comme un match. Il faut toujours faire confiance à son partenaire. Alors quand on parle d'un ami…
- J'étais sûr que je pouvais compter sur toi mon

vieux. On se dit 14h à la maison ? Je vais appeler Jean aussi.
- Jean ? Il est à côté de moi. On mange ensemble. Figure-toi que cet imbécile s'est fracturé le tendon d'Homère avant-hier à l'échauffement. Il est arrêté pour deux semaines. Le veinard. Je lui demande de venir ?
- Oui s'il te plaît. Ce serait parfait qu'on soit ensemble. Et puis, il ne sera pas de trop. A tout' , le défenseur.
- A tout' l'attaquant. »

Voilà une journée qui commençait bien. Elle s'annonçait positive, comme Marc les aime. Il lui restait environ deux heures avant que ses amis ne viennent. Pendant la première heure, il se rendit sur le lieu de l'enquête, c'est-à-dire la maison du banquier. La porte d'entrée, celle du hall était très petite et étroite. Elle semblait frêle, le bois s'effritant comme une gaufrette. Marc y jeta un bref coup d'oeil et observa que seul un petit coup d'épaule suffirait à l'ouvrir. Il inspecta les lieux avant de passer à l'action. Devant lui, se trouvait un escalier en colimaçon. Trois étages. Un appartement par étage. Les deux premiers étaient inhabités et le dernier, c'était le coupable qui s'y trouvait. La première porte était couverte d'une épaisse couche de poussière. Quant à celle du deuxième étage, elle se trouvait à demi ouverte. Marc frappa légèrement et ouvrit. C'était un squat. Des affaires étaient entassées dans un coin. Ça puait le renfermé. Ça devait être un abri de SDF. Avec un peu de chance, s'ils n'étaient pas là dans une heure, il pourrait s'y cacher. Le temps que Jean et Olivier fassent diversion. Mais quoi comme diversion ? Là, était la question. The question (avec l'accent français je

vous prie messieurs-dames). En redescendant les marches, le regard du détective fut attiré par une armoire en métal recouverte de poussière et de toiles d'araignées. Marc, la main dans la poche de son imperméable, afin de ne pas laisser de ses empreintes dans la couche de poussière, ouvrit le casier métallique. C'était le compteur électrique. Voilà, il l'avait sa diversion. Il suffirait qu'Olivier crée un petit court circuit et le tour était joué. L'homme —conduit par Olivier— essaierait de réparer les dégâts. Pendant ce temps, Jean jouerait le rôle de celui, qui depuis l'appartement, informe si oui ou non l'électricité fonctionne. En quelque sorte, il ferait le guet. Et Marc, pendant ce temps, en catimini inspecterait tous les recoins de la chambre de bonne. Selon son plan, il n'y aurait même pas besoin de fracturer la porte. Parfait.
Marc referma le compteur électrique. Il sortit et retourna chez lui. Il lui restait une petite heure. Il en profita pour manger un morceau, en revoyant le début d'un super film : *Le Port de l'angoisse*. Il avait besoin de ça pour se mettre dans une atmosphère propice à sa mission. Après tout, il pénétrait dans un lieu sans aucune autorisation, sans motif apparent et surtout sans mandat. C'était donc plutôt risqué.
Au moment, où la belle Lauren Bacall s'apprête à embrasser Bogart, on frappe à la porte. Marc crie depuis son canapé, tout en cherchant la télécommande coincée entre les coussins.

- Entrez, c'est ouvert.
- Salut le jeunot, claironnèrent-ils en choeur.
- Salut les gars. Merci d'être venus aussi vite.
- C'est normal voyons !
- Un ami comme toi !

- Ah oui quand même, t'as bien morflé toi, s'écria Marc en voyant Jean arrivé la béquille au bras.
- J'ai glissé comme un con, dit-il le sourire aux lèvres. L'herbe mouillée, rien de plus traître.
- On est tous passés par là une fois.
- Alors c'est bien vrai toi ? Tu es vraiment détective ? On avait du mal à y croire avec les copains mais ça semble être vrai.
- Mais oui, mais oui ! Qu'est-ce que vous croyez ! Quand Marc se met quelque chose dans le crâne, c'est pour de bon. Alors, on passe aux choses sérieuses ou on continue à rester les bras ballants ?
- Où il est ce coffre ?
- Il ne s'agit plus vraiment d'un coffre. Tu saurais me créer un petit court-circuit à partir d'un compteur électrique, toi ?
- Un court-circuit ? Tu m'appelles pour ça ? Pff, j'en faisais déjà à cinq ans, histoire d'emmerder mes voisins quand ils s'engueulaient.
- Mais quel chieur tu fais ! Tu seras parfait alors.

Marc leur explique le déroulement des choses telles qu'il les voit. Les deux hommes, à la fin de son plan, acquiescent. Marc demande à Jean et à Olivier s'ils ont leur téléphone portable.

- Bien sûr ! Il n'y a que toi sur Terre pour sortir sans portable, Marc, rigole Jean.

Le détective l'informe qu'il ferait mieux de ne pas trop se moquer de lui. Ayant besoin de son portable, il pourrait très bien, évidemment sans faire exprès, le faire tomber. Olivier l'interroge tout de même sur son plan.

- Et comment tu comptes voir dans son apparte-

ment dans le noir ? Si tu comptes sur la lumière du jour qui traverse l'unique fenêtre de la chambre de bonne… Regarde chez toi… fais pas très clair…
- Effectivement. Mais je compte simplement sur la magie des lampes de poches mon vieux, dit-il victorieusement, en sortant deux d'un sac à dos. T'es pas une lumière toi.
- Aha. Pas bête.
- D'autres questions ?

Rah ! Qu'il aime conclure comme ça. Une petite punchline à la Bogart. N'ayant pas de réponse, les trois amis fin prêts, se rendent à pied jusqu'à la dite rue. Le boucher est sur le palier de sa porte. Marc baisse la tête et incline son Borsalino sur ses yeux pour ne pas être reconnu.

- Réglons nos montres ! Il faut être précis sur ce coup-là, c'est comme pour un coup franc. Je ne rigole pas, les gars ! Quarante-trois, c'est bon pour tout le monde ?

Après un petit temps, les deux hommes lui confirment qu'ils sont réglés sur le même fuseau horaire. Marc se cache dans l'appartement du second en attendant que ses amis occupent le banquier et l'emmènent au rez-de-chaussée. Il entend ses deux camarades chuchoter puis un gros « SCHLACK » résonne dans l'escalier. Depuis la pièce, dans le noir, il les entend monter les marches en jurant. Puis, ils frappent à la porte. Soudain, vient à Marc, la terrible pensée que le banquier n'est peut-être pas chez lui. Il n'avait même pas pensé à vérifier. Au pire, il avait Olivier avec lui mais dans ce cas, il ne savait pas de combien de temps il disposait pour inspecter les lieux. Décidément, il était vraiment compliqué de penser à tout et de ne pas se laisser emporter par l'adrénaline. Marc fut soulagé de comprendre que cette hypothèse tombait à l'eau en entendant la clé tourner dans la serrure de la porte juste au-dessus de sa tête.

- Bonjour monsieur. On est désolés de vous déranger mais comme vous avez dû le remarquer chez vous, il n'y a plus d'électricité dans l'immeuble. On devait faire des relevés avec mon collègue mais là, vu la vétusté de votre compteur, on va avoir besoin de votre aide. Et puis vous êtes le seul à bien vouloir nous ouvrir.

C'était Jean qui parlait, le plus à même de tourner des phrases de façon sympathique et chaleureuse. De donner envie de continuer la conversation. L'homme lui répond avec une voix grave et rocailleuse.

- C'est normal que personne ne vous ait ouvert, messieurs. Ici, tous les habitants sont partis depuis belle lurette. Il y a bien les clochards du second mais à mon avis, ils mendient à cette heure-là. Vous êtes les professionnels. C'est votre métier… Bon, je veux bien vous aider pour ce fichu compteur électrique parce que c'est dans mon intérêt. Mais je ne vous promets rien, je ne suis pas expert en la matière.
- Oui, on sait, vous étiez plus expert comptable, balance Olivier, amateur de fin jeux de mots.
- Ah oui ?? Et comment vous savez ça ?
Bravo Olivier. On peut vraiment pas le laisser parler celui-là. Il a tout fait capoter.

- Non c'est une blague. De mon collègue. Ne faites pas attention. Nous n'en savions rien. Le mot expert lui a rappelé les banques. Il vient de recevoir un courrier. Rapport aux impôts. Ce n'était pas de bon goût. Je vous prie de l'en excuser. Si vous voulez bien aller en bas avec mon collègue… Pendant ce temps, moi je vérifierai que l'électricité revient. Et puis, je surveillerai votre maison.
- Non. Nous allons plutôt descendre tous les trois. Je préfère que ce soit de la sorte. De toute façon, il n'y a pas grand monde à surveiller ici. Il n'y a même personne et je vous l'ai déjà dit.
- Comme vous voulez. C'est juste que ça me paressait plus simple, voilà tout.
- Eh bien moi, j'en décide autrement.

Merde. Là excusez-moi du mot, mais ça se justifie. Surtout que le vieux banquier a refermé sa porte à clef. Evidemment. Fallait que ça se passe mal ! Encore merde. Marc, par conséquent, ne peut pas pénétrer par cette voie. Il entend les pas des hommes dans l'escalier, attend un peu puis se précipite en silence au troisième étage. Pas moyen d'ouvrir la porte. Elle est définitivement bloquée et la moindre pression sur celle-ci, engendre de terribles grincements. Il retourne dans le squat à la recherche d'un objet pouvant crocheter la serrure. Puis, il voit face à lui une étroite fenêtre. Il l'ouvre et se penche dehors. Il fait un froid de canard. Le limier regarde au-dessus de lui. A environ un mètre, se situe une fenêtre entrebâillée identique à celle du squat. Restait plus qu'à espérer que celle-ci ne serait pas coincée mais ouvrable de l'extérieur. De toute façon, il n'avait pas d'autre possibilité. Mais ce serait la dernière fois, sinon ça allait finir par devenir une habitude or, ce n'était pas et

de loin ce que Marc préférait dans le métier.
Il passe son corps par la petite ouverture et se hisse, les pieds stabilisés sur la gouttière. Sa tête se trouve juste en face de la fenêtre du banquier. Marc sourit. Elle est ouverte. Il la pousse. Aucune résistance. Il se penche et tire fort sur ses bras. Il tombe la tête la première dans quelque chose de moelleux mais qui ne sent pas très bon. Genre canapé. Il se retourne et se met debout. Sa torche allumée, il se rend compte qu'il ne s'est trompé que de peu. Il est tombé sur une sorte de canapé certes, mais un canapé de chien plein de poils. D'où l'odeur assez désagréable. Pourvu que... Il éclaire sa montre. Il ne lui reste plus que cinq minutes, temps à peu prêt suffisant pour l'inspection de l'endroit d'une taille très modeste. Il balaie la chambre avec sa torche. Une chose est sûre : pas trace d'âme qui vive. Paul n'était donc pas retenu prisonnier ici. Aucune présence de chien non plus. Assez étrange.
Le détective rajuste ses gants en cuir —oui les gants de chez René, ceux-là mêmes. J'aime quand on me suit comme ça ! Quelle satisfaction personnelle !
Il se met à chercher partout : sur la commode, sous la commode, derrière la commode, dans les tiroirs de la commode puis, change de cible : sous le lit, dans le placard, etc. Il trouve un papier volant avec un numéro de téléphone qu'il photographie avec le téléphone de son ami. Il prend des clichés des lames de couteaux de cuisine. Il essaie de faire le moins de bruit possible mais le parquet craque à s'en arracher les oreilles. Tout à coup, il entend les hommes remonter les escaliers. Jean et Olivier parlent fort et toussent pour le prévenir de quitter les lieux. Il regarde sa montre : cela ne fait que douze minutes. Marc n'est pas un professionnel. Il

s'en voudra plus tard pour ce geste, qui lui fit perdre quelques précieuses secondes. Il range en vitesse dans la commode les documents qu'il photographiait, concernant la mystérieuse faillite de la banque. La lumière s'allume soudain dans la pièce, Marc se vautre sur le sol, apeuré. Puis il se souvient que c'est seulement le courant qui revient et qu'il lui reste encore quelques secondes afin de quitter l'appartement. Mais juste devant son nez, sur le tapis, se trouve quelque chose qui attire son regard : une tache de sang. Il effleure celle-ci et se rend compte que les poils du tapis sont devenus rêches. Fort intelligemment, il en déduit que le sang a séché. Il prend une photo du tapis en quatrième vitesse et se rue sur la fenêtre en entendant la clé dans la serrure. Lorsque le banquier fait son premier pas dans la pièce, Marc rentre dans l'appartement du second par la fenêtre. Timing parfait. Juste un petit imprévu. L'appartement n'est plus vide. Les sans domicile fixe sont rentrés. Marc, essoufflé comme une bête leur fait peur.

- Eh ! qu'est ce que tu fous là toi ?? qui c'est qui t'as permis de rentrer chez nous ? dit un des hommes en se collant contre le mur.
- Excusez-moi de vous déranger. Surtout n'ayez pas peur. Je pars tout de suite.
- T'as intérêt eh petit con !

Sur le seuil de la porte, Marc pense qu'il a une chance de soutirer des informations à ses hôtes :

- Excusez-moi encore, mais depuis combien de temps vivez vous ici ?
- Pourquoi que tu veux savoir ça toi ? reprend le premier.

- Tu travailles chez la flicaille ? entame le second.
- Non, je voudrais seulement savoir si vous n'avez rien remarqué d'anormal ces derniers jours. Je veux dire au-dessus, chez votre voisin. Vous n'avez rien entendu ou vu qui puisse vous paraître suspect ?
- Suspect de quoi ?
- Suspect d'enlèvement.
- Non, pas que je sache. A part les habituels cris du chien et de son maitre rien de spécial. Ah si la semaine dernière il a fait un ramdam pas croyable en bougeant ses meubles.
- Ça fait longtemps qu'on entent plus le *clebs*, révèle une femme, jusqu'ici (Bernard), tapie dans l'ombre.
- Bien, merci quand même.

Marc ouvre la porte et sort sur le palier. Il descend jusqu'au rez-de-chaussée où l'attendent Jean et Olivier. Ils s'empressent de lui demander s'il a trouvé quelque chose d'intéressant. Ce à quoi Marc commence par répondre qu'il faudrait mieux qu'ils quittent rapidement les lieux.
Tous trois sont dans l'appartement de Marc, autour de la table, discutant de leurs impressions. Marc comprend que le vieil homme n'est visiblement pas aimable et plutôt repoussant selon ses co-équipiers. La description de ses amis correspond à celle que lui avait fait la caissière et la vieille dame dans la rue. En apprenant la présence de la trace de sang sur le tapis, Olivier demande à Marc de prévenir la police. Ce dernier veut attendre. Il va d'abord s'occuper d'analyser les photos, une fois transférées sur son ordinateur. Trouver d'autres indices. Après tout, ce n'est peut-être qu'un saignement de nez. On n'est jamais assez prudent avec les interpréta-

tions toutes faites. Il éprouvait le besoin de noter les nouvelles pistes dans son carnet. Pour réfléchir. Mettre les choses à plat dans un premier temps. D'abord, il allait écrire ce que les clochards lui avaient dit : l'homme criait souvent. Ça ne l'avait pas choqué sur le moment, croyant qu'il parlait de ses rapports avec le chien. Mais sur la route, Marc se rappela bien de la phrase. L'homme couché dans sa couverture, au second étage avait bel et bien dit : "les habituels cris du chien et de son maitre". Il pouvait très bien s'agir de cris pour faire taire le chien mais aussi d'autres cris liés à tout autre chose. Comme une dispute par exemple. Il ne fallait pas ignorer cette piste. Surtout que Marc n'avait vu aucun chien. Juste un panier. Pour chien. Et puis, il y avait cette histoire de déplacement de meubles. Lesquels ? A quoi bon ? Une envie de changement ? Les possibilités de changement de configuration spatiale sont relativement réduites dans vingt mètres carrés.

Une fois, ses amis partis, Marc examina jusqu'à deux heures du matin les différents clichés qu'il avait pris. Il regarda. Il observa. Il considéra. Bigla. Avisa. Loucha même. Inspecta. Eplucha (au peigne fin bien évidemment). Epia. Il voulait trouver un indice justifiant un meurtre chez le banquier. Mais, contrairement au photographe de *Blow-up*, lui n'avait rien sur ses photos. Il alla donc se coucher.

Ce matin, Marc a prévu de passer vers dix heures chez madame Millau. Il veut la prévenir de la potentielle possibilité que son mari soit mort ou du moins blessé. Seulement la prévenir. Ce ne serait pas une tâche facile mais il fallait bien en passer par là. C'était un des risques du métier : annoncer

des mauvaises nouvelles. Et puis, ce n'était qu'une possibilité. Rien n'empêchait de garder bon espoir.
Une fois chez elle et la nouvelle annoncée, celle-ci semble mieux prendre la chose qu'il ne l'aurait cru. Elle s'attendait à quelque chose de malheureux, voyant Marc arriver. Patricia, elle, est beaucoup plus remontée et dure avec lui, elle affirme que ce n'est pas une raison pour clore l'enquête. Bien évidemment que non. C'était même une raison pour la continuer. Marc, que l'on surnommait maintenant Sherlock Poirot, avait l'intention de se surpasser.
Avant de partir, gêné, il demande de l'argent à sa cliente. Il n'a plus un sou en poche. Celle-ci comprend et lui verse un second salaire. Elle lui donne même quatre fois plus que la somme convenue pour une semaine. Un mois de salaire pour moins d'une semaine de travail. Inattention ou générosité ? Générosité à quatre-vingt-dix-neuf pour cent. Il la remercie chaleureusement et lui promet de revenir vite avec plus de résultats et des résultats plus concrets.
Juste après, il retourne dans son petit studio et se met devant son ordinateur. Il imprime certains documents exposant la faillite de la banque et ne comprend pas les différences de fonds importantes entre les deux derniers mois d'existence de la grosse entreprise. Effectivement, selon Marc, une si grosse différence de potentiel ne pouvait s'expliquer que par un mauvais placement ou un vol. N'ayant aucune trace de placement sur cette période, il est donc normal que Marc —comme tout le monde— pense que le patron a volé ses clients. Quelque chose n'allait cependant pas. Comment pouvait-il avoir volé tant d'argent et continuer à vivre dans la porcherie que Marc avait visitée la

veille. Il fallait être fou à lier ou complètement fou... ou complètement con car l'avarice pouvait expliquer beaucoup de choses mais pas ça. En même temps, le détective n'arrive pas à trouver d'autres hypothèses que celle-ci. Parallèlement, il cherche des détails sur les photos, en rapport avec la tache mais ne trouve pas. Dans les films c'est toujours plus simple. Bien sûr, dans *Blow-Up*, le photographe remarque directement le cadavre dans le buisson et la main avec le revolver. Mais, pour Marc rien. Dans la vie, c'est toujours plus compliqué. Les couteaux sont propres. Il ne semble pas y avoir de taches sur le parquet. Pas de meuble assez grand pour pouvoir cacher un corps, même découpé façon film d'horreur. Pas d'arme non plus. Ni aucune trace d'arme, d'argent ou d'alcool. La seule chose anormale que Marc ait remarquée sur ce parquet est une double entaille longue de trois mètre allant du tapis à la porte. Le déménagement ? Elle était assez profonde. Mais qu'est-ce que cela pouvait être ? Pas un meuble, ça non.
Le banquier n'avait quand même pas tracé au couteau le trajet pour sortir de chez lui. Et d'ailleurs s'agissait-il d'un couteau ? Et si c'était... Ça y est ! Marc avait la certitude qu'il avançait dans son raisonnement. Et si le banquier avait traîné un corps !
Le corps de Paul Millau.
Non c'était impossible. Un corps ne pouvait pas être assez lourd pour faire une entaille dans le sol. Non ce n'était pas ça. Le cerveau de Marc fumait à la façon des fioles en cours de chimie. A moins que... A moins qu'il ne s'agisse d'une montre qui aurait été sur le macchabée et trainée avec lui. Mais c'était une double entaille. Les deux marques étaient trop éloignées l'une de l'autre pour que ce

soit une montre. Cela ne fonctionnait encore pas. Mais Marc se rapprochait. Il le sentait.
Une ceinture ! Voilà ce que c'était. Une ceinture. La boucle rectangulaire avait dû frotter contre le sol et le marquer ainsi. C'était largement plausible comme situation. Le banquier avait traîné le corps par les bras. La ceinture avait frotté le sol et marqué le parquet. Si son raisonnement était bon, alors il devait y avoir encore des marques hors de la maison. Dans les escaliers. Le couloir. Mais où avait-il donc emmené le corps ? N'ayant pas de voiture —ou alors garée loin dans un parking à une certaine distance— il n'avait pas pu le jeter dans la Seine sans être vu, ni l'enterrer dans la forêt. Non, le cadavre devait se trouver à proximité de l'immeuble où habite monsieur Derite, le banquier. Il avait vu son nom sur un des papiers officiels de son divorce.
Il fallait donc que dès le lendemain, le fin limier aille voir si le mort ne se trouvait pas au premier étage, derrière la porte poussiéreuse, ou dans une cave ou un grenier. Si cave et grenier il y avaient.

Actuellement, je me questionne. Que mettre à la fin de cette phrase. Un point ? Des points de suspension. Laquelle de ces options est la plus à propos ? On dit souvent des détectives privés, mais auteur n'est pas non plus un métier simple.

CHAPITRE 10 :
SUR LE TERRAIN

    Ce matin, le jeune homme se lève fatigué et la peur au ventre, songeant à ce qu'il va ou non trouver. A vrai dire, il ne sait pas vraiment ce qu'il préfère. Trouver quelque chose de sinistre qu'il devra ensuite annoncer à Sylvie Millau. Cela signifiait passer pour un incapable. Ou alors, ne rien trouver mais stagner dans son enquête.
Cette nuit, il a fait un rêve gore. Monsieur Millau était, dans son rêve, effectivement assassiné et le banquier l'avait donné au charcutier qui coupait ensuite son corps à l'aide d'une hachette et d'un trancheur pour le vendre comme de la chair fraîche. De la viande rouge, qu'il aurait scandé. Le plus étonnant et inquiétant dans tout ça, est que ce scénario pouvait être le bon. Le boucher et sa femme pouvaient très bien jouer un double jeu pour tromper le détective. Non ! C'était impossible. Marc, ne pouvait s'imaginer ces deux bougres, complices d'un assassinat. Ils étaient bien

trop cons. Tout simplement. Il faut dire les choses comme elles sont.

Après son petit déjeuner, il fait un petit tour en réfléchissant à ce qu'il ferait s'il trouvait le cadavre de monsieur Millau. Il conclut qu'il resterait devant l'immeuble, s'assurant que l'assassin ne parte pas et qu'il appellerait la police pour que celle-ci l'embarque.
Même porte fragile que la veille. Même coup d'épaule. La porte d'entrée s'ouvre. Marc enjambe deux à deux les marches de l'escalier. Devant la fine porte en bois, il vérifie que personne n'est aux alentours et sort un petit pied de biche caché sous son manteau beige. Il l'avait coincé dans sa ceinture. Peur de déchirer son manteau neuf en le mettant dans une poche. Il se rappelle les traces de la présumée ceinture et regarde le sol. Le bois n'est pas impeccable mais il n'est pas rayé. Peut-être l'homme a-t-il été retourné ? Tout de même, Marc veut en avoir le coeur net. Il place son ustensile dans l'encoignure de la porte et tire vers lui. Le verrou se brise sans grande difficulté. Marc pousse violemment la porte à l'aide de son pied et rentre. Personne. Merde. (Eh oui, encore, ça devient une habitude. Veuillez m'excusez.) Il ne pourra pas compter sur monsieur Derite pour lui fournir les informations sur un plateau d'argent (quitte à faire c'est toujours mieux en argent, non ?).
La pièce est suffisamment éclairée par les rayons du soleil pour que Marc d'un mouvement de tête circulaire se rende compte que rien n'est anormal. Mis à part son questionnement sur la quantité astronomique de poussière accumulée dans un si petit endroit. Avec un tournevis de poche, il refixe le verrou légèrement plus haut sur la porte. On ne

voit pas la différence. Après avoir analysé les marques au sol, il tire la conclusion que sa version des faits est la bonne. Le cadavre a sûrement été tiré. On voit encore des traces sur le palier, devant la porte de la chambre. Le corps se trouve dans l'immeuble. Il ne lui reste plus qu'à le chercher et le trouver. Il sort en tirant la porte, place son couteau à cran d'arrêt contre le verrou, ferme celle-ci et enlève son couteau. Un bruit sec lui fait comprendre que la porte s'est bien fermée derrière lui. Marc se lance ensuite, en catimini, sur le seuil du troisième étage, à la recherche d'un grenier inexistant. Au rez-de-chaussée, il ne voit pas non plus de cave. Notre détective commence à se demander si la version des flics n'est pas la bonne. Se demande si, pendant que lui se casse la tête à retrouver un disparu, le même disparu n'est pas en train de se la couler douce bien au chaud avec un petit cocktail et une pute sous le bras. Voire deux. On ne sait jamais, les gens sont d'une vulgarité de nos jours !

En ressortant de l'immeuble à moitié en ruines, Marc se souvient que dans les vieux films, il y a souvent une cachette étroite que le flic ne trouve pas du premier coup. La pendule dans *Laura* par exemple. Derrière l'escalier ! La trappe ! Dans nombre de vieux immeubles, il y a un placard où sont rangés les affaires du concierge. En plein élan, il fait demi-tour et se retrouve face à un porte. De placard à balais. Bingo ! Il exécute la même action que pour la porte du second étage et ouvre doucement la porte. Face à lui : des balais, des seaux et serpillières entassés. Super ! Il aurait espérer mieux. Pour nettoyer l'immeuble, c'était surement parfait mais ce n'était pas le but de Marc. Il referme le placard. A ce moment précis, un des balais

lui tombe dessus. En le replaçant, un objet brillant depuis l'intérieur, vient à l'aveugler quelques petites secondes. Le ceinturon ! Impulsif comme jamais, Marc pousse d'un coup sec la porte, enlève les balais et se rend compte que le placard est plus profond qu'il ne l'avait pensé. Il jette sur sa droite ce qui lui tombe sous la main et voit, devant lui, saucissonné, un corps inerte. Entassé dans le fond du placard. A un mètre de lui. Il ne s'était pas trompé… C'est bien la boucle qui l'avait ébloui. Rapidement, il remarque que celle-ci est abîmée sur les coins. Son hypothèse du corps traîné sur le parquet est donc confirmée.
Il tire le corps hors du placard. Un haut-le-coeur s'empare de lui lorsqu'il voit le visage livide de l'homme. Décidément, il est fragile. Lui et ses hauts-le-coeurs ! La peau du mort est blanche, son teint blafard, ses yeux relevés. Marc, ferme les paupières de l'homme. Seulement il est obligé de s'y reprendre à plusieurs fois car c'est bien moins simple qu'au cinéma. Les paupières reviennent sans cesse en l'air comme si elles n'acceptaient pas la mort. Elles résistent. A force de répéter le geste, elles finissent l'une après l'autre par rester closes. Il s'agit bien de monsieur Millau. Il le reconnaît. Il est plus marqué que sur la photo montrée par sa femme mais, pas de doute possible. C'est bien l'homme que Marc recherche.
Le détective privé regarde le corps de la victime. Aucune marque de strangulation ou de blessures causées par arme blanche ou arme à feu. Sur le sommet de son crâne, du sang a coagulé. C'est l'endroit où il a été frappé. Ou alors l'endroit où il s'est cogné. Il ne faut jamais mettre de côté la thèse de l'accident. Elle reste envisageable. Marc ne l'apprécie pas mais elle peut toujours se révéler

plus vraie qu'on ne l'aurait cru. Dans le cas présent, le meurtre comme l'accident sont possibles. Les preuves déterminant laquelle est la bonne, se trouvent pour l'instant trois étages plus haut. Marc laisse le cadavre appuyé contre la porte de l'armoire. Il cache le corps pour qu'il ne soit pas à la vue d'un éventuel rôdeur et surtout du meurtrier qui ne devrait pas tarder à rentrer. Marc ne veut pas que ce dernier lui échappe. Il sort et se poste sur le trottoir d'en face, une sèche au bec. Il ne fait pas encore tout-à-fait jour et lorsqu'il allume sa cigarette, le visage du banquier lui apparaît sur la gauche, avant qu'il n'entre dans l'immeuble. Marc finit sa clope puis, ni une ni deux, grimpe les escaliers quatre à quatre. —Toujours par quatre, pour impressionner ces dames. Une fois devant la porte du suspect, il reprend son souffle. Se demande comment il va procéder. Simple et efficace. Il faut aller droit au but. Fracasser la porte. Brandir le pied de biche. Menacer le banquier de mort s'il ne répond aux questions. En trois mouvements, Marc est dans la pièce, le vieux monsieur sur une chaise, les mains en l'air prêt à répondre.

- Alors, vieux salaud, qu'est ce que tu as fait à monsieur Millau ?
- Rien, je n'ai rien fait à cet homme. Je ne le connais pas.
- Pas la peine de mentir. Je sais tout sur ton compte. Et, j'ai découvert le corps en bas dans le placard. Alors, t'as intérêt à cracher le morceau si tu veux pas finir comme lui.
- Vous n'avez pas le droit. Je veux parler à mon avocat.
- En effet, je n'ai aucun droit et aucun devoir. Je ne suis pas policier et donc je fais de toi ce que bon

me semble. Je commence par te frapper quelle partie du corps ? Une préférence ?
- C'était un accident, je vous jure. Il est venu m'accuser de vol. Je n'y suis pour rien dans cette histoire de faillite. Je sais que tout m'incrimine mais il faut me croire. Je n'ai rien fait. D'ailleurs, si la police ne m'a jamais arrêté, c'est qu'il doit y avoir une raison, vous ne pensez pas ?
- Les questions, c'est moi qui les pose. Sois pas arrogant. Pourquoi avez-vous tué monsieur Millau ?
- Je ne l'ai pas tué, bon sang !
- Alors, permettez-moi de reformuler ma phrase. A qui appartient le sang sur votre tapis et comment se fait-il qu'il y ait son cadavre dans votre immeuble ?
- Je n'ai rien fait. Je n'y suis pour rien dans cette histoire de meurtre. Et puis comment voulez-vous que je puisse porter un corps à mon âge ? Et le descendre de trois étages, alors que j'ai moi-même du mal à descendre les marches ?
- En le traînant par exemple. Regardez les traces sur votre plancher. Elles correspondent à la boucle de la ceinture du mort. Vous n'avez pas pensé à ça petit futé !? Vous parliez d'accident ? Que c'est-il passé alors ? Répondez quand je vous parle ou j'appelle la police et ça sera sûrement moins agréable pour vous !
- Il est venu, il y a de ça à peu près deux semaines. Il m'accusait d'avoir caché l'argent de la banque et affirmait en avoir les preuves. Le ton a monté. Nous en sommes venus aux mains. Sa tête a frappé le meuble derrière vous et il est tombé net sans jamais se relever. J'étais tétanisé et ne savais pas quoi faire. C'est pourquoi, j'ai choisi cette solution.

- Si ce que vous dites est vrai, alors pourquoi ne pas avoir prévenu la police ?
- Connaissant notre passé commun, j'aurais tout de suite été accusé de meurtre. N'est-ce pas ce que vous avez cru vous même ?
- Ça se tient. D'ailleurs, racontez-moi ce qui s'est passé. Je suis venu et j'ai fouillé votre appartement. Vos papiers indiquent que la faillite vient d'ailleurs. Je crois que vous êtes innocent. Mais dans ce cas, qui est coupable de ce déficit de fonds ? Car il y a forcément un coupable.
- Oui, oui !! UNE coupable même ! Une petite salope qui travaillait pour moi. Ma secrétaire. Je m'étais amouraché d'elle après un divorce compliqué. Faut dire qu'elle a su user de ses charmes, la mignonne.
- Et ?
- Aujourd'hui elle se pavane à Cannes. Elle a même eu le culot de m'envoyer une carte postale, la garce. C'est vous dire. Elle s'est foutue de moi en interprétant à merveille le rôle de la jeune femme sensible aux charmes du vieux monsieur pour pouvoir avoir accès aux codes de la base de données de la banque. Une fois qu'elle a eu ces codes, qu'elle a trouvés dans mes papiers, son ami s'est arrangé pour faire un transfert de fonds vers la BFPE et le tour était joué.
- La BFPE ?
- La Bank of Financial Products Export. C'est une banque suisse spécialisée dans l'import discret d'argent sale.
- Comment, cette transaction a-t-elle pu ne pas se remarquer ? Une somme si importante…
- Elle a été faite de manière clandestine et de plus vers une banque étrangère. Ça suffit amplement. Enfin, à l'époque cela suffisait.

-Mmh, je comprends. Mais pourquoi ne pas les avoir dénoncés en montrant la carte postale à la police ?
- Trop d'égo et de fierté personnelle je dirais. Se faire voler sa fortune par sa secrétaire quand on est patron, ce n'est pas quelque chose que l'on a généralement envie d'aller crier sur les toits.
- Ce qui explique que vous aillez toujours été considéré comme le seul responsable envisageable. Et qu'il n'y ait pas eu assez de preuves pour vous incriminer.
- Voilà.
- Levez-vous et suivez-moi sans faire d'histoires. Je compte expliquer votre situation, ne vous inquiétez pas.
- C'est pas la peine de jouer au bon détective avec moi. Je suis âgé. Je ne vous causerai aucun tort.
- Je vous emmène au poste. Vous vous expliquerez avec la police. Pour ma part, mon travail est fini.
- Mais ils vont m'accuser ! Je vais directement aller à la case prison avec vos combines. Alors que ce n'était qu'un accident ! Votre *blabla* ne les émouvra pas.
- Ça, vous verrez avec eux et avec votre avocat s'il vous reste suffisamment d'argent pour en avoir un bon. Sinon, il vous en sera commis un d'office. Dans ce cas, ce ne sera pas gagné pour vous, je vous le concède.

Au rez-de-chaussée, Marc fouille discrètement l'homme sans vie et met les papiers et objets qu'il trouve dans ses poches. Le banquier l'attend, foudroyant du regard le mur, les mains dans le dos, ficelées avec la corde des rideaux. Ensuite, le détective emmène l'homme au commissariat le plus proche. Il explique la situation aux policiers. Le

plus dur est de faire lumière sur son rôle dans l'histoire. Mais au bout d'un certain temps, ils le laissent s'en aller, lui promettant d'envoyer sur les lieux du crime, l'unité anti-criminelle. « Les spécialistes des spécialistes. » avait pris soin d'ajouter le gardien. Ils seraient de retour d'ici une demi-heure.
Cela laissait donc à peu près trente minutes à Marc pour retourner sur les lieux du crime et voir si la banquier n'avait pas menti eu égard au décès de Monsieur Millau. Marc essaie de ne pas penser qu'il faudra annoncer la triste nouvelle à sa veuve. Et à Patricia…
Il rentre dans le bâtiment. A force, il commence à le connaître. Tourne sur la gauche. Vérifie qu'il n'a pas laissé passer d'indices sur le corps de la victime. Après quoi, il remonte au troisième, pousse la porte restée ouverte et se met à chercher partout. il retourne littéralement l'appartement. Il regarde le coin du meuble. Continue de le regarder en analysant la situation. Le banquier a menti. Celui-ci est légèrement abimé. Il est impossible que l'homme ait pu se cogner sur le meuble et ensuite tomber sur le tapis en ayant la tête si proche de la commode. La tache de sang ne se trouvait qu'à cinq centimètres du meuble de rangement. La version du banquier ne tenait pas debout. S'il s'était cogné contre le meuble, alors il serait tombé en avant et n'aurait pas atterri sur le tapis ou il serait tombé en arrière mais sa tête serait aller heurter le sol beaucoup plus loin. Marc se représente mentalement la scène. Le banquier devait se tenir derrière monsieur Millau, dans son dos. Il a dû le frapper avec un objet lourd et ainsi monsieur Millau est tombé à la renverse. C'est ainsi que la scène a dû réellement se dérouler. Marc tend l'oreille. Il entend du

bruit dans les escaliers. La patrouille est déjà là. Il sort, descend l'escalier et ouvre la porte du second.

- Salut les gars. Fermez-la trente secondes et vous aurez un petit billet. chuchote -t-il à l'adresse des SDF.
Par le trou de la serrure, Marc voit les flics passer devant la porte. Il sort de sa poche de pantalon, un billet qu'il tend à l'homme le plus proche de lui. Il lui fait un clin d'oeil et sort. Au rez-de-chaussée, se trouve un groupe de policiers qui évacuent le mort sur une civière. Marc ne pourra pas voir l'arrière du crâne du mort et ainsi confirmer son hypothèse. Les spécialistes des spécialistes. Ils ont fait vite, les salauds.
Il rentre chez lui les mains dans les fouilles, réfléchissant à la manière d'annoncer la mort du mari à la femme. Ensuite, il faudrait qu'il retourne au commissariat pour parler au policier qui s'occupe de l'enquête. Sa journée était loin d'être finie. Il allait d'abord s'octroyer une heure de repos. Il l'avait méritée après tout, aussi triste que soit la fin de l'histoire.

Une heure plus tard, Marc, reposé et lavé, marche dans la rue en direction de la maison de sa cliente. Il a revêtu un costume noir, espérant que ce geste serait assez explicite et qu'il n'aurait pas à lui annoncer la nouvelle de vive voix. A peine sonne-t-il à la porte que celle-ci s'ouvre. La vieille femme est en pleurs. Elle paraît énervée. C'est la première fois que Marc lit ce sentiment sur son visage.

- C'était à vous de me prévenir de sa mort. Pas à un de ses flics stupides. C'est vous que j'avais engagé ! Pourquoi ne pas m'avoir prévenue ? Pour-

quoi ?
- Vous êtes au courant ? Comment ça ?? Je veux dire, vous avez appris la mort de votre mari ?
- Oui, un policier est venu me l'annoncer de la manière la plus délicate qui soit avec des roses puantes dans les mains.
- Je suis navré madame. Je… ne sais… comment m'excuser.
- J'ai toujours su que mon Paul était mort. Il était débrouillard et serait revenu s'il avait été encore vivant. C'est pourquoi, je ne crois pas à leur théorie d'accident. On ne me la fait pas à moi. Alors, si vous voulez vous rattraper, vous allez me trouver les preuves nécessaires pour que ce salaud soit entre les barreaux et au plus vite. Vous serez payé le triple de ce que l'on avait convenu si cela peut vous motiver. Je vous laisse vingt-quatre heures. Je ne veux pas qu'il m'échappe, vous comprenez !? Travaillez jour et nuit s'il le faut. Au revoir, monsieur Touaine.

Elle avait dit Monsieur Touaine. Elle ne l'avait pas appelé par son prénom comme à son habitude. Marc était bouche bée. Ce fut directif et clair. La vieille dame savait s'exprimer. Marc n'a pas bougé du palier. La porte s'est refermée sur lui. Aujourd'hui, pas question de l'inviter à faire un bon repas.

Il se retrouve dans la rue comme un enfant qu'on a privé de dessert. Seulement lui, il doit trouver les preuves de l'assassinat de monsieur Millau et non se tourner les pouces dans sa chambre, en attendant qu'on le rappelle. Il a vingt-quatre heures. C'est-à-dire pas le temps de parler avec la police. Il faut d'abord qu'il trouve les preuves et ensuite qu'il aille au commissariat. Et oui, il faut toujours faire

tout et tout seul, c'est bien connu.
Devant la porte de l'immeuble du banquier, grouillent des policiers en uniforme bleu ciel. Il essaie de rentrer mais on l'en empêche, prétextant que c'est interdit au public. Quelle malchance de n'être reconnu par personne. Il prend tous les risques et tout le monde l'ignore. Marc voit les SDF dehors, appuyés sur un mur sur le trottoir. Il s'assoit à côté d'eux.

- Alors les gars, vous' ont viré ?
- Ouais et tout ça à cause d'un foutu meurtre.
- On faisait d'mal à personne nous, juste on était protégés de la pluie.
- Bah ouais , je me doute.

Et il reste là. Un bout de temps. Sans parler. Vers vingt-trois heures, la plupart des flics partent. Il se lève enfin. Malgré la présence d'un couple de policiers qui garde l'entrée de l'immeuble, il décide de passer à l'action. Il ne lui reste déjà plus que dix-neuf heures. Mais il est reposé. Prêt à s'affirmer et à réussir son enquête.

Il sonne chez René. La fenêtre d'en haut s'ouvre. Le vieux grincheux sort la tête, son fusil de chasse dans les mains :

- Qui est-ce qui vient me faire chier à cette heure ?
- Ouah ! Calme-toi c'est rien que moi, Marc. Ne me descends pas.
- A vingt-trois heures, les gens normaux dorment, Marc.
- Mais tu me connais, je n'ai rien de normal. Allez, ouvre cette satanée porte.

Après un moment certain ; et non un certain moment —je vous laisse méditer sur le sens que peut prendre une légère inversion comme celle-ci— le temps que le vieux bougon descende les escaliers, le détective entend les verrous se tourner. Il sourit et entre. René referme la porte, saisi par le froid nocturne.

- Tu l'as toujours, ton échelle ?
- Quoi ?
- Ton échelle, René !
- Euh… oui, dans le garage, pourquoi ?
- J'en ai besoin, je t'expliquerai. Les clés du garage sont toujours à côté du meuble à mercerie ?
- Toujours.
- Ok.
- Ecoute, sur le trousseau y a aussi les clés d'ici. C'est un double. Alors, prends-les et referme en partant. Tu me ramèneras l'échelle et les clés demain. Parce que moi, je suis fatigué et demain j'ouvre tôt.
- Bien papi. Merci, rigole-t-il en lui baisant le front.

Marc s'empare de l'échelle et la porte tant bien que mal sous le bras jusqu'au lieu du crime. Il arrive sur le côté ouest du bâtiment. Sur la pointe des pieds. Il pose, le plus délicatement que ça lui est possible, l'échelle longue de plusieurs mètres. Celle-ci arrive à la hauteur de la première fenêtre. Le tour est joué. Pour la suite, il n'aura plus qu'à se hisser comme il l'avait entrepris la première fois. Et c'est ce qu'il fait. Avec une agilité simiesque. Nous revoilà partis pour un énième cours d'escalade. Il pousse la fenêtre et pénètre dans l'appartement. Ce coup-ci le panier du chien ne s'y trouve pas. Il se cogne donc sur le parquet. Dur. D'ailleurs ça lui rappelle qu'il n'a jamais vu la moindre trace du chien. Il n'a pas creusé cette piste. Aucunement. Il en conclut qu'il devra être plus professionnel à l'avenir. Quand on est détective, il faut s'étonner de tout. Et surtout de ce qui est étonnant. Une telle absurdité : un panier sans chien, aurait dû le choquer dès le début. Mais, ce problème n'est pas le plus important. Pour l'heure, sa mission est de retrouver l'arme du crime si tant est que le banquier l'ait gardée. Chose que Marc n'aurait pas fait à sa place. Mais bon, à sa place, Marc n'aurait pas tué l'homme. À sa place, il n'aurait pas eu non plus un panier à chien sans chien. Il est beaucoup trop subtile pour ses âneries. Une heure durant, éclairant la pièce avec sa lampe torche dont le faisceau lumineux faiblit de minute en minute, Marc cherche partout. Puis, il soulève une pile de livres posés sur ce qu'il pense être un socle en bois. Il s'agit en vérité d'un coffre. Comme ceux que l'on voit dans les châteaux du Moyen Age. Il l'ouvre et y trouve une lampe avec un abat-jour en cristal. Ce dernier est littéralement brisé. Sur les rebords de la structure métallique on observe (Marc surtout) des traces de sang séché. Il la tient enfin. La preuve. Elle est à lui.

Il réfléchit à un moyen de descendre à l'échelle avec le lustre. Compliqué. Finalement, il se dit qu'il peut se permettre de descendre par les escaliers. Il expliquera la situation aux policiers. Au pire, il serait arrêté mais peu importait, maintenant qu'il avait la preuve avec lui.

CHAPITRE 11 : EXPLICATIONS

Effectivement, les flics l'avaient embarqué et Marc se trouvait actuellement, avec la lampe brisée dans les mains, sur un des bancs du commissariat, attendant le responsable chargé de l'enquête.
Tout à coup, des pas résonnants se font entendre depuis les fins fonds du couloir. Tous les policiers se mettent au garde à vous. Le képi sous le bras, l'uniforme boutonné jusqu'au cou, le regard droit, les mains tremblantes le long de leurs cuisses. Le commissaire en chef arrive. Et c'est pas ce qu'on appelle un rigolo. Malheureusement pour Marc, le chef se trouve être le chargé de l'enquête. Mais ça, il l'ignore pour l'instant.
Eh oui lecteurs chéris ! Vous connaissez bien des choses et avant même que votre héros ne les découvre. Et pourtant, vous bavez d'admiration face à ses moindres faits et gestes, vous buvez toutes ses paroles, selon vous, il possède un charisme si époustouflant que vous ne pourriez lui tenir tête. C'est vrai, Rah, je vous gâte. Si, si je vous gâte.

Marc, notre héros (il est toujours bon de remettre les choses à plat lorsque l'on digresse souvent), apprend que le commissaire n'est pas d'humeur à plaisanter. Lorsque ce dernier s'adresse à lui d'un ton on ne peut plus sympathique :
- C'est toi, le p'tit connard qui s'amuse à aller sur les lieux des crimes ?

Gêné. Embarrassé. Marc ne savait que répondre à cette question si courtoisement posée. Oui ? Il s'avouait con. Non ? Il mentait parce qu'il était allé sur les lieux du crime où d'ailleurs se trouvaient les fameuses bandes jaunes qui interdisent le passage. Il opta pour la facilité. Détourner la question. Il en était un spécialiste. Il avait développé cette technique avec ses parents.

- Je suis détective, monsieur le commissaire et c'est grâce à moi et à personne d'autres , à part Olivier et Jean je vous le concède, que vous avez dans vos cellules un dénommé monsieur Derite, meurtrier et peut-être voleur.
- « Détective » ? dit-il en reprenant l'intonation du jeune homme. Mais pour qui vous prenez-vous !? Sherlock Holmes ? Suivez-moi dans mon bureau !

Décidément, Marc n'avait pas de chance. Il allait avoir du mal à faire comprendre à ce gros énergumène qui il était.

- Asseyez-vous et racontez-moi votre petite histoire, je vous prie.
- Alors voilà, j'ai déposé des annonces proposant mes services de détective à différents endroits. J'ai d'abord été contacté par deux clients pour des petites enquêtes. Puis, madame Millau a fait appel à

mon aide pour retrouver son mari, disparu depuis environ une dizaine de jours. Depuis cinq jours, je travaille sur cette disparition et, il y a de ça quelques heures maintenant, j'ai retrouvé le cadavre de monsieur Millau dans l'immeuble de monsieur Derite, notre prisonnier.

- Oui, pas la peine de me rappeler à chaque fois qui est qui.

- Les relations entre ces deux hommes étaient tendus, dirons-nous. Ils travaillaient tous deux dans une banque et…

- J'ai été muté sur cette affaire à l'époque. Je la connais donc mieux que personne. Poursuivez.

- Connaissant leur passé, vous comprendrez mieux ce qui s'est passé ensuite. D'après la version du banquier, monsieur Millau serait venu chez lui, l'accusant de vol et ramenant de présumées preuves suffisantes pour le faire tomber. Je ne porte aucun jugement en disant « présumées » mais seulement je n'en ai encore jamais vu trace.

- Oui, ils nous a raconté tout ça.

- Jusqu'ici je le crois. Mais c'est après que cela se complique. Sa version est la suivante : il aurait frappé son ancien employé lors d'une échauffourée.

- Une ?

- Une échauffourée. C'est une querelle, un combat si vous préférez.

- Oui je sais ce que c'est. Je n'avais pas entendu. Continuez !

- Ensuite, selon ses dires, la victime se serait cognée contre le meuble derrière elle et serait tombée à la renverse sur le sol.

- Parfait. Vous voyez, détective ou flic, nous en sommes arrivés aux mêmes conclusions. Toutes mes félicitations. Seulement, nous avons une lé-

gère avance sur vous. Le rapport est fait et les journalistes prévenus. Demain, dans les journaux, vous pourrez lire les exploits de votre police préférée. Allez, au revoir monsieur…
- Touaine, détective Touaine.
- Tiens, elle est drôle celle-là. Comme l'auteur des aventures du petit baroudeur ?
- Non, Touaine à la française, T, O, U, A, I, N, E. Mais monsieur, permettez-moi de revenir sur un détail. Je ne vous ai pas donné ma version des faits. A mon avis, l'homme a assassiné monsieur Millau Avec cette lampe-ci. On retrouve des traces de sang partout autour. Sur la structure métallique. Tenez, regardez par vous-même. Il faudrait seulement comparer ce sang avec celui de la victime et vérifier que c'est le même, ce qui est à mon avis, à quatre vingt dix neuf pour cent certain.
- Désolé mon ami, je n'ai pas le temps d'écouter vos salades. Allez les raconter ailleurs. Je suis sûr qu'ils trouveront vos aventures passionnantes au PMU du coin.
- Mais monsieur…

Marc se trouve déjà sur le palier des locaux de la police. L'homme lui a refermé la porte sur le nez. C'est la deuxième fois en même pas vingt quatre heures. Marc se crispe. Son poing se ferme, prêt à s'écraser sur la grosse truffe du commissaire. Mais il n'a plus le temps. Il sort. Il a l'air fin dans la rue avec, entre les mains, son lustre brisé. Mais ce n'est pas ce qui importe pour le moment. Comment va-t-il faire pour montrer au monde qu'il a raison, pour convaincre que sa version des faits est la bonne ?

Marc fait les quatre-vingt-dix-neuf pas et est de

retour chez lui. Plus que onze heures. La lampe n'est qu'une esquisse de preuve. Ça ne peut pas suffire, c'est pourquoi, il faut qu'il trouve autre chose. Si seulement il pouvait faire un prélèvement du sang de la victime. Ensuite, il pourrait s'arranger pour faire comparer les deux sangs et prouver le crime. Tout à coup, une idée lui traverse l'esprit. Il ne peut évidemment pas faire de prise de sang à la victime, par contre, il peut s'introduire à la morgue pour essayer de trouver une preuve sur la victime. Ça allait être plus compliqué que pour pénétrer chez le banquier mais il avait un atout majeur dans son jeu : Olivier.

- Salut, c'est Marc, t'es libre ce soir ?
- Bah, j'ai entraînement, mon vieux.
- Allez, on ne me l'a fait pas à moi. Je sais bien que tu t'ennuies quand Jean et moi on n'est pas là. A qui tu peux raconter tes histoires au foot ?
- A Ro..., commence-t-il.
- J'ai besoin de toi. Plus difficile ce coup-ci et plus dangereux. Ça t'intéresse ?
- Tu m'énerves. J'ai envie de dire oui.
- Alors, dis oui. Ce soir, je t'attends dans trente minutes place Mazas.
- C'est dans le douzième ça ?
- Ouais. Trente minutes, c'est plus de temps qu'il t'en faut pour faire l'aller-retour de chez toi à là-bas.
- Et y a quoi, place Mazas ?
- La morgue où les flics entassent tous les macchabées avant leur enterrement. C'est durant cette étape, qu'ils s'occupent de faire l'autopsie.
- Ouh beurk ! c'est glauque ton truc ! Mais tu me connais, j'aime le danger. Je préviens Jean ?
- Je ne préfère pas. On sait jamais qu'il faille se

tirer en vitesse ; alors avec sa patte folle... tu vois ce que je veux dire.
- Ah oui, je comprends. Bon, je te laisse, il faut que je prépare mes affaires. A tout de suite.

Marc raccroche le téléphone. Il enfile son imper et quelques minutes plus tard, il est dans le métro. Il ne sait pas à quoi ressemble le bâtiment de l'Institut médico-légal ni comment ils vont y pénétrer. Il espère seulement que le quartier sera calme ce soir. En sortant de la station souterraine, il tombe nez à nez avec le bâtiment en briques rouges. Devant la porte massive, deux gardes armés jusqu'aux dents. On peut mieux faire niveau calme. Derrière lui, une petite voix le fait sursauter.

- Alors comment ça s'annonce ?
- Mal.
- Ah oui ?
- Deux flics devant la porte, une seule entrée.
- J'adore, j'ai l'impression qu'on va faire un casse !!
- Tu te souviens encore de tes cours de gym du collège ?
- Euh ouais mais c'est loin, pourquoi ?
- Parce qu'on va devoir grimper sur l'immeuble et passer par la fenêtre qui est ouverte au deuxième étage ? Tu la vois ?
- Non.
- Sur ta gauche. Là, regarde en face de mon doigt.
- Là haut ? Mais c'est le troisième étage ça.
- Si on compte le rez-de-chaussée, oui. Mais tu sais, un étage de plus ou de moins, ça ne change pas grand chose. Crois en le professionnel. Ça doit être la 253e fois que je fais ça en une semaine. Et puis on ne compte jamais le rez-de-chaussée

comme un étage à part entière. Regardez-moi ce trouillard !!
- Y a personne Marc. Ou alors si tu me vouvoies...
- Non, absolument pas. J'informe le lecteur. Un point c'est tout.
- Du premier étage au second, je veux bien, on s'aide de l'architecture. Mais comment il compte arriver déjà jusqu'au premier étage le professionnel ?
- C'est très simple. Suis-moi et tu auras ta réponse mon vieux.

Marc emmène son ami devant la façade inférieure ouest du bâtiment. Il lui montre les longs lampadaires qui viennent de la route se trouvant quelques mètres plus bas. Il lui explique que les poteaux sont à moins d'un mètre du mur. Ainsi, selon son plan grimper jusqu'à la première fenêtre ne sera pas très difficile. Une fois en haut du poteau, par un léger effet de balancier, les mains cramponnées à celui-ci, il pense se propulser sur le rebord en brique et l'attraper. Après ça, il continuerait son escalade à même l'immeuble.
Pas de réponse d'Olivier. Il lui présente ses mains pour lui faire la courte échelle afin de lui donner de l'élan et commencer à grimper. Etant plus agile il partirait en second. Ainsi, il pourrait aider Marc en le poussant, s'il en avait besoin. Ça y est, il fait nuit et froid. Tout le monde dort. Certains font l'amour. D'autres rêvassent en espérant trouver le sommeil ou en espérant faire l'amour —nuance— mais seuls Marc et Olivier grimpent sur un lampadaire. Du moins, ce sont les seuls qui sains d'esprit vont le faire. Ne nous avançons pas trop vite. Il existe à Paris, comme partout ailleurs, des fous, des idiots et des alcooliques. Arrivé à l'endroit

prévu, en face du rebord en brique, à plusieurs mètres de haut, Marc se convainc de ne pas regarder le sol. Mettant à contribution toute la force disponible de ses bras —en cette heure si tardive— il se hisse, effectue un mouvement habile de bascule avec ses jambes et une fois positionné, il se relève afin de retrouver son équilibre. Seulement, il ne possède pas le talent de Philippe Petit. Il s'aide donc en attrapant de sa main un gros câble électrique circulant le long de la façade. — Surtout, à ne jamais imiter, danger immédiat, on n'est jamais à l'abri d'une pièce nue sous tension ! Même pour les amateurs de Cloclo.

Marc a du mal à supporter son poids. De plus, il est à bout de souffle (se référer au très bon film du même nom). Encore la cigarette. Olivier, plus sportif et agile, a moins de problème. Il talonne de près son ami en l'encourageant.

« Allez Marc, on y est presque. Plus qu'un mètre. Ça y'est ! Tu touches la fenêtre. Allez, dépêche-toi vieux. Mes bras commencent à se tétaniser. »

Marc pousse doucement la fenêtre contre le mur. La pièce qu'il découvre est un bureau de médecin. La tête la première et une culbute après, il fait face à tout un attirail médical. Squelettes, livres, stéthoscopes lui indiquent où il se trouve. A quoi pouvait bien servir un stéthoscope dans une morgue ? A part pour chercher un pouls inexistant chez un homme mort bien sûr. Tout à coup, Marc se rappelle la présence de son ami. Il se penche par la fenêtre, agrippe Olivier par sa veste et l'aide à se hisser jusqu'à ce que son torse passe par l'encadrement de la fenêtre. Olivier entre et s'adosse au mur. Le détective regarde par la fenêtre pour vérifier qu'ils n'ont pas été repérés. Puis, il repousse celle-ci.

Après avoir écouté à la porte, s'assurant que personne n'est dans les lieux, ils l'ouvrent et s'engagent dans le couloir. Premier objectif : trouver la salle réfrigérée où sont entreposés tous les corps sans vie. Olivier fait une remarque intéressante : elle doit se trouver au rez-de-chaussée. D'abord, c'est plus simple d'installer ce genre de clim proche du sol. Ensuite, il est plus logique que les bureaux se trouvent dans les étages. Enfin, ils ne voient pas d'ascenseur et monter des corps par les escaliers leur semblait étrange et stupide. Et puis, Marc s'abstient de le dire mais il sait que dans les films, les corps se situent toujours près de l'entrée de la morgue, au fond d'un couloir sombre et exigu, se terminant sur deux grandes portes battantes. Et ce n'est pas du tout le style de déco de cet étage. Ils décident donc de descendre. Première mission difficile puisqu'ils mettent cinq minutes avant de trouver les escaliers. Pour un bâtiment comme celui-ci, ils sont surpris de ne rencontrer personne et de n'être confrontés à aucune alarme. A croire que pour une fois, ils ont de la chance. Après avoir descendu les deux étages, ils ouvrent discrètement une porte et pénètrent dans un couloir. En face d'eux se trouve la salle d'accueil. Et derrière le bureau, deux gardes discutant et jouant aux cartes. Pas méchant comme gardes. Mais ça, Marc ne peut le deviner. Ce sont deux anciens gardes de musées. Ils ont commencé par le Louvre mais... virés. Beaubourg ? Idem, virés. Ils en ont fait un certain nombre comme ça avant d'atterrir dans l'Institut Médico-Légal. Comment deux branquignols ont pu atterrir ici ? Aucune idée. Non, non vraiment. Et si votre auteur préféré ne sait pas, c'est vraiment que c'est un fait qui reste inexpliqué et inexplicable.
Reprise de l'histoire.

Et merde. Voilà que la chance était pour le chapitre précédent. Maintenant, ils allaient devoir la jouer fine.

CHAPITRE 12 : ACTION(S)

Au bout d'un moment, Marc a son idée. Il ne leur faut que cinq minutes, selon lui, pour trouver ce qu'ils cherchent une fois dans la chambre froide. Ce dont ils avaient actuellement besoin, c'était une diversion. Et une bonne, de préférence. Il fallait en faire une pour attirer l'attention des gardiens et les faire rester ailleurs suffisamment longtemps pour qu'ils puissent trouver ce qu'ils cherchent.
- Je savais qu'il nous servirait à quelque chose ceux-là. Attends-moi ici, je reviens, dit Marc comme illuminé d'une idée saugrenue.
Il chuchote cette phrase tout en remontant à toute vitesse les marches. Son ami ne comprend pas du tout ce qu'il est parti faire et une seconde durant, a peur qu'il l'ait laissé tomber. Puis, il entend son compagnon redescendre.

- Regarde nos copains veulent nous aider.
- Qu'est-ce que tu fous avec ces maquettes de squelette ?

- On les lance dans les escaliers. Bruit énorme. Les gardes accourent, cherchent, ne comprennent pas, essaient d'élucider le mystère et avec un peu de chance ramènent les squelettes à leur place ou cherchent aux étages les voyous qui auraient jeté les squelettes. Pendant ce temps nous, nous passons par la sortie de secours. On arrive derrière le bureau de l'accueil. On fonce dans le couloir sur la gauche et bingo, on est devant la porte de la chambre froide.
- Comment tu sais qu'elle se trouve à gauche ?
- J'ai vu un plan. Fais-moi confiance. Ça va marcher. Va te mettre devant la sortie de secours, prêt à partir. Je jette les deux osseux et je te rejoins. Ok ?
- Ok.

Les deux amis se mettent en place. Marc compte jusqu'à trois dans sa tête et jette de toutes ses forces les squelettes. Un vacarme assourdissant se produit. Le bruit résonne dans la cage d'escalier. Aussitôt, les gardes sursautent.

- T'as entendu ?
- Bien sûr, que j'ai entendu.
- Allons voir.

Ils sortent leurs armes de service et courent jusqu'aux escaliers. Ils ouvrent doucement la porte. Au même instant, avec une synchronisation parfaite, les footballeurs amateurs ouvrent la sortie de secours. Ils s'engagent dans le couloir, contournent le bureau. Accroupis, ils regardent les escaliers. C'est bon. Ils sont rentrés. Pas de temps à perdre. Ils courent sur la pointe des pieds dans le couloir sombre —ce qui est loin d'être commode— et se retrouvent nez à nez avec une porte battante de plus de deux mètres de haut.

- Comment est-ce qu'ils ont pu arriver là ces deux là ?
- Il y a forcement quelqu'un qui les a jetés et si tu veux mon avis Claude, vu le boucan que ça a fait, ça doit venir de plusieurs étages au-dessus de nous.
- Enfin ! Un peu d'action. On va *ptet* pouvoir se servir de nos flingues, dis !
- Arrête tes conneries et sois sérieux. Place-toi à droite et un peu en retrait. Moi je me mets en éclaireur.
- Non, c'est moi en éclaireur !
- T'as fini tes caprices, oui.
- On la joue à pile ou face, y a aucune raison pour que je sois derrière. C'est la *première* fois où y a un peu d'action et toi tu t'accapares tout, comme d'habitude.
- Tu la fermes et tu me suis. C'est compris ?
- Oui… C'est compris CHEF !

Nos deux amis se trouvent déjà face à des murs entiers de tiroirs blindés sur plusieurs mètres de profondeur. Olivier a ouvert la porte avec deux fils de fer et une fine pince. Deux mouvements vers la droite, puis un vers la gauche, tirer puis c'était *open in English*. Crocher la serrure avait été simple pour Olivier. Trop simple même à son goût. Mais Marc lui, était heureux de l'allure que prenait la mission. Etant donné le nombre impressionnant de tiroirs, ils allaient mettre un certain temps avant de trouver le bon. Les corps étaient rangés par ordre alphabétique et par ordre d'arrivée. C'était déjà ça. Ça les aiderait dans leur recherche.

- Encore personne. Mais bordel, où ils sont

passés ?
- Pourquoi sont ? Ça se trouve il est seul.
- C'est impossible de porter ces deux squelettes et de les jeter en même temps. On a entendu qu'un bruit. Ils ont donc été lancés en même temps par deux personnes différentes. Réfléchis ne serait-ce qu'une minute avant de poser une question.
- Et, supposons, je dis bien supposons, que ce soit un homme plus costaud que nous, qui pourrait porter les deux en même temps…
- Je t'ai dis qu'ils étaient au moins deux. Point final. Pas la peine de discutailler.

Les deux gardiens cherchaient depuis maintenant quatre bonnes minutes où avaient été enlevés les deux mannequins. Ils cherchaient bureau après bureau, ouvrant porte après porte. Sur leur garde et en même temps, ils continuaient à « chercher », les fameux rôdeurs. Seulement, ils étaient au troisième étage et n'étaient pas prêts de trouver âme qui vive.

Marc et Olivier sont plantés devant les derniers arrivages de la journée. Ils regardent l'armoire, passent en revue toutes les étiquettes. Pas de trace de Monsieur Millau. Pourtant, ils regardent attentivement et ce pour la troisième fois. Mais toujours rien. Marc réfléchit. Il ne trouve pas. Il ne voit pas où peut se trouver ce corps. Il est persuadé que tous les corps retrouvés par la police sont stockés dans cette pièce. Il l'a lu. Il le sait. C'est un fait. Peut-être que celui de la victime n'est pas encore arrivé à destination. D'où le fait que son nom ne soit pas encore dans le registre papier posé à l'entrée de la chambre froide. Marc chasse cette pensée de son esprit. Il y *est*. Il le sent. Son instinct de détective le lui dit. Mais son sixième sens, aussi développé soit-il ne lui dit absolument pas, où se cache le cadavre.

- On n'a plus le temps. Marc faut filer. Je veux bien t'aider mais pas aller en taule.
- T'inquiète pas. Il faut attendre que les deux vigiles redescendent de toute façon.
- Oui, mais comment tu le sauras d'ici ? Non il faut y aller et maintenant.
- Mais, il n'y a pas de raison. Il doit être là C'est obligé.
- Oui peut-être mais on n'a plus beaucoup de temps devant nous.
- Attends, juste deux secondes encore, je crois que j'ai une idée ! Tu es d'accord avec moi, il n'y avait plus de tiroirs libres. Je veux dire, tous avaient un nom sur leur porte ?
- Oui. Mais, je ne vois pas pour autant où tu veux en venir.
- Alors, le banquier se trouve quelque part ailleurs.
- Jusqu'ici c'est évident.
- Et si tu avais amené un cadavre ici à vingt-trois heures, tu en aurais fait quoi toi ?
- Franchement, je ne sais pas. Je ne me vois pas trop amenant un cadavre quelle que soit l'heure.
- Moi, je n'aurais ni la force ni le courage de trouver un tiroir libre parmi tous ceux-là. J'aurais tout simplement posé le cadavre quelque part dans la pièce et aurait attendu le lendemain pour le ranger. Laisse-moi juste le temps de trouver un cercueil.
- Ou un grand sac ?
- Pourquoi tu dis ça ?
- Premièrement, je ne pense pas que les cadavres soient dans des cercueils avant d'aller à la morgue mais après y avoir été. Et secundo, en entrant dans la chambre froide sur la droite, il y a une petite

pièce avec un tas de grands sacs en plastiques blancs et si...
- Vite, on n'a plus le temps de discuter. Il est forcément là-bas.

Les footballeurs courent jusqu'à la petite pièce sombre. Ils éclairent avec leur lampe le sol jonché de sacs. Sur ceux-ci se trouvent des étiquettes, fixées aux gros pouces des cadavres. Quelle horreur ! Un pied dépassait chaque sac. Le droit. Par chance, le plus proche s'avère être celui qu'ils cherchent. Marc l'ouvre. Il avait oublié le teint de l'homme mort. C'était —on peut le dire— relativement répugnant. L'odeur allant de paire. Olivier lui, ne savait pas à quoi s'attendre, son ami ayant oublié de le prévenir. En un mouvement, il est retourné, la main devant la bouche, les yeux écoeurés par le spectacle qu'il vient de voir. Le détective soulève la tête de l'homme et commence à regarder son crâne, tout en écartant ses cheveux.

- Qu'est ce que tu fous ? Il est mort. Un peu de respect. Arrête de jouer.
- Je ne joue pas. Je cherche les blessures causées par le pied de la lampe en cristal. Il y en a forcément. Une entaille, une cicatrice, une séquelle au moins...dit-il en regardant avec attention le crâne de l'homme décédé.
- Dépêche-toi, je crois que j'entends les deux autres. Tu me feras un cours sur les synonymes une autre fois. Si on sort de cette foutue chambre froide.

En effet, « les deux autres » redescendaient. Au bout de sept minutes à inspecter minutieusement tout le dernier étage, ils en avaient eu assez. Après

tout, ce n'était pas leur travail. Eux étaient payés à surveiller l'entrée, au niveau de l'accueil. Pas à jouer au chat et à la souris avec les trafiquants d'organes. Seule hypothèse qu'ils avaient trouvée pour justifier la présence illégale d'inconnus dans une morgue.
Ils redescendent donc l'escalier. En repensant à voix haute à leur blague fumante, ils rient à plein poumons. Ces deux corniauds ont placé les mannequins dans le couloir, juste devant l'entrée des escaliers pour faire peur à ceux qui viendront travailler le lendemain matin. Comique, en effet. Nos deux lurons, joyeux, s'imaginent la tête du courageux lève-tôt qui franchira le premier la porte. Avec un peu de chance, il serait mal réveillé et c'en serait que plus drôle. Pour eux.

Ça y est. Marc range le corps. Remonte le zip de la fermeture éclair du sac. Il montre à son coéquipier les traces sur le crâne de l'homme. Il a réussi à les photographier avec le téléphone qu'il a oublié de rendre à Jean. Il est fier de ses clichés comme un enfant à qui on rend une bonne note. On y voit distinctement (sur la photo) les lésions ainsi que quelques bouts de cristal, restés plantés dans sa peau.
C'est dingue la technologie ! Sur les photographies, on aperçoit même les motifs de l'abat-jour. Il faudra qu'il s'en achète un similaire pour plus tard. Ça pourrait toujours servir. Le spécialiste de la serrure repousse le téléphone, écoeuré.
Comment la police pouvait-elle avoir bâclé autant l'affaire ? Marc ne se l'expliquait pas. Lorsqu'ils sortent en silence de la chambre froide, les deux compères observent les vigiles en train de s'assoir sur leur chaise et reprendre leur partie de cartes.

Une fois qu'ils semblent suffisamment dans leur jeu, ils s'engagent et tournent autour du bureau circulaire. Jusqu'ici ça va. Ils sont cachés par la structure en bois du meuble de l'accueil. Pour la suite, ça s'annonce plus compliqué. Il faut qu'ils traversent environ sept mètres sans être vus, afin d'atteindre la porte d'entrée des escaliers. Ce coup-ci, ils ne peuvent pas passer par la porte de secours. Elle est bien trop lourde et fait beaucoup trop de bruit. Ramper. C'est le seul moyen qu'avait trouvé les deux acolytes pour ne pas se faire entendre ni se faire voir. Certes, c'est ridicule et jamais Marlowe n'aurait fait ça mais, bien que ce fût difficile à admettre pour Marc, Marlowe était un personnage et puis de toute façon personne n'était censé les voir. Je dis « censé » parce que bien évidemment, moi, à ma place d'auteur, je les ai vus. Mais le plus important pour l'instant, est qu'ils sauvent leurs peaux. Ils rampent donc tous les deux jusqu'aux escaliers. Olivier, furtif, appuie doucement sur la clenche pour ouvrir la porte avant de se remettre aussitôt au sol. Puis, ils pénètrent tous les deux dans la cage d'escalier. Ils sont éloignés du danger. Enfin presque, il leur reste l'étape cruciale, qui risque de se révéler compliquée ; notamment pour le fumeur invétéré. Cette étape consiste à redescendre à terre. En lieu sûr.

Marc a l'impression de voir un film qui se rembobine, à la différence près, que les squelettes se trouvent étrangement, juste devant la porte et qu'ils ont failli les faire tomber, eux ne s'attendant pas à ce qu'ils soient là. Ils se faufilent rapidement dans les couloirs et retrouvent le bureau. Ils arrivent devant la fenêtre et passent, l'un après l'autre, leur corps à l'extérieur du bâtiment. Il est difficile de regarder où l'on place ses pieds sans regarder la petitesse des bennes à ordures sur le trottoir. Et là, on n'est pas au cinéma. Il n'est pas question de se laisser tomber dedans et d'en ressortir puant mais indemne. Ils s'agrippent au lampadaire et redescendent en se laissant glisser le long de ce dernier. Heureusement, qu'ils avaient tous les deux des gants. D'abord, pour ne pas laisser de traces d'empreintes digitales sur les lieux. Ensuite, pour ne pas se brûler les doigts en glissant le long du poteau.

- On a réussi, s'enjaille Marc, tout en prenant son ami dans ses bras.
- Faut que je t'avoue un truc, vieux. Je suis crevé. Et demain… ah non, tout à l'heure je dois être au boulot et en forme, alors je te laisse.

Marc le salue et le remercie pour son aide précieuse. Le détective a trois heures devant lui. Trois heures pour préparer son dossier et trouver les arguments pour convaincre le journal *Les Z'Infos de Paris* que c'était sa version à lui des faits qui était à publier et non celle du commissaire. Ça allait encore être une étape franchement simple.
Ironie oblige.

CHAPITRE 13 : ...

Non. Je refuse. Ce n'est pas le moment. En pleine résolution. Si près du but. Au plus près de la fin. Si proche de conclure. Non. Non, ce n'est pas la peine de tenter le diable en écrivant un chapitre treize.
Je ne suis pas le premier à faire ça ? Et alors ? Un manque d'originalité ? Je ne crois pas. Plutôt, une marque de reconnaissance envers ceux qui l'ont déjà fait, une inspiration, dirais-je. Donc pas de chapitre treize. Je suis l'auteur. Par conséquent, j'écris comme bon me semble dans votre intérêt (et certes le mien).
De plus, vous ne croyez pas que notre héros a eu assez de complications comme ça ? Je préfère ne pas prendre de risques inutiles et vous convier à nous retrouver dans le chapitre quatorze. Je vous dis donc « A tout de suite ».

CHAPITRE 14 : H MOINS UNE

Marc est prêt. Il a fait des agrandissements de ses photos, des petits schémas et a même rédigé un article détaillant les étapes successives de l'affaire qu'il a menée. Il range tous ses papiers dans un trieur et prend le métro direction : la rédaction du journal *Les Z'Infos de Paris*.
Quinze minutes plus tard, il est devant le bâtiment. Celui-ci est en train d'ouvrir. Marc se rend au guichet de l'accueil. L'homme a l'air surpris de voir quelqu'un. Ça doit pas être tout les jours qu'ils reçoivent des touristes à la rédaction du jourfiot.

- Excusez-moi, je voudrais parler au journaliste chargé des articles concernant les enquêtes policières.
- Oulaaaa mon bon monsieur, on rencontre pas les journalistes des *Z'Infos de Paris* aussi facilement.
- Mais monsieur, c'est une question de meurtre. Par rapport à l'affaire Millau. Vous en avez forcément entendu parler.

- Absolument, lui répond l'homme sans rien comprendre de la situation face à laquelle il se retrouve. Il opte pour les solution simple.
Ça doit être Jean Paul qui s'occupe de ça. Je vous dis ça tout de suite.

Il saisit le téléphone juste devant lui et tape un numéro. L'homme avait beaucoup trop dit le mot « ça » selon Marc. Il se demande souvent comment l'on peut avoir si peu de vocabulaire alors qu'il existe tant de mots.

- C'est bien Jean Paul. Il ne vous accordera pas beaucoup de temps. Je crois avoir compris que c'est le *rush* en ce moment à la rédac'. Surtout depuis que le chef est cocu. Enfin bon…Quand vous rentrez dans le bâtiment A, c'est sur votre droite. Puis, vous continuez tout droit et c'est le second bureau sur votre gauche.
- Merci bien, monsieur.
- Mais je vous en prie. C'est mon métier après tout.

Il rentre dans le premier bâtiment qui lui fait face, le A. Tourne à droite. Continue tout droit et s'arrête. La seconde porte sur sa gauche est ouverte. Il frappe.

- Entrez… entrez c'est ouvert, s'empresse de lui répondre un homme qui, selon la dégradation capillaire de son crâne, ne doit pas être loin de la retraite.
- Bonjour, je suis détective et je voudrais savoir si c'est vous qui êtes chargé de l'affaire Paul Millau.
- C'est bien moi. Sacrée affaire n'est-ce pas ? Si longtemps après, c'est moche. Je viens juste de terminer l'article alors ne me dites pas qu'il y a du

nouveau…
- Si, malheureusement, je suis confus mais nous nous sommes trompés sur quelques petits détails. Il s'agit en fait d'un meurtre.
- Ah oui, tout de même. Petit changement que celui-ci.
- Vous comprenez donc qu'on ne puisse publier un article relatant à ce point des faits mensongers.
- Je comprends. Cependant, c'est fâcheux car l'article doit être imprimé dans dix minutes. Je n'ai, par conséquent, pas le temps de réécrire autre chose. Désolé. La nouvelle version de l'enquête sortira dans le journal de demain. Ça ne sera que plus vendeur et donc rentable pour la boîte. Ah… pas à moi que ça profitera de toute façon.
- Je vous en prie ! commence Marc fermement. Je vous ai décrit les faits comme ils se sont réellement passés. Publiez cette version. Faites-le pour la veuve de monsieur Millau.
- Je ne peux pas , monsieur. Et d'abord, est-ce que la police est au courant de votre présence ici ?
- Monsieur, vous ne pensez pas que ce qui compte aujourd'hui, c'est la veuve de monsieur Millau plus que tout autre chose ?
- Mmmh…
- J'ai un chèque de madame Millau. Cela prouve que je viens de sa part, non ? Mais regardez-le tout de même, dit-il en l'agitant sous son nez. Et puis franchement, quel avantage j'aurais moi à mentir à la presse ?
- Alors si c'est pour la veuve… Donnez-moi ça. Je vais le corriger en vitesse et dans le journal de dix heures, c'est votre version qui paraîtra mon vieux.
- Merci beaucoup.
- Mais de rien. Puisque vous allez me donner votre carte d'identité. On sait jamais, avec vos coordon-

nées, je pourrais vous dénoncer, si jamais tout me retombe dessus. Comme c'est trop souvent le cas.
- Tenez ! Mais faites vite bon sang.
- Merci.
- …, dit Marc nerveusement.
- J'espère pour vos fesses que vous n'êtes pas un foutu imposteur ! Allez à une prochaine. Quand vous ferez une nouvelle bourde, termine-t-il en tendant au détective sa carte.

Sur le seuil de la porte, Marc se félicite. Il n'y avait même pas pensé. Se faire passer pour un flic. Enfin, rien faire qui pourrait faire penser le contraire. Du moins, c'est ce qu'il avait fait sans le vouloir. Le journaliste n'y avait vu que du feu. « Une nouvelle bourde ». Quelle réputation a la police ! C'est fâcheux. Détective est quand même un plus beau métier. Y a pas.

Si tout se déroulait comme prévu, à dix heures, c'est-à-dire dans un peu moins de deux heures, il pourrait acheter le journal et le présenter à madame Millau et à Patricia. Il aurait un léger retard sur le temps accordé par la première mais la mission était enfin terminée. Le coupable étant démasqué et en garde à vue, avec le rapport de Marc qui allait paraître dans toute la France, monsieur Derite allait passer un petit bout de temps au mitard. « Petit » étant on ne peut plus relatif.
En attendant la parution des journaux dans les kiosques, Marc allait faire un brin de toilette dans sa grande demeure. Après la douche, exécutée en une minute chrono, le jeune homme s'allonge sur son lit. A cet âge, on fatigue rapidement. De plus, Marc n'était pas un habitué du rythme effréné.

Sonnerie. Le détective privé se réveille. Ça fait déjà une heure qu'il dort. Que ça passe vite. Il est dix heure moins dix. Il se prépare pour aller chercher le journal et se rendre chez sa cliente. A dix heures cinq, il est chez elle, le journal sous le bras. C'est Patricia qui ouvre, le teint blafard. Sylvie Millau arrive et Marc lui tend le journal à la bonne page. Elle lit le contenu rapidement. Marc aperçoit, après qu'il ait rétablit la vérité, le visage d'une femme soulagée. Elle l'invite à prendre le café pour qu'il lui explique comment il a procédé. C'est ce qu'il fait jusqu'a ce qu'un imbécile tambourine à la porte façon Mambo.
Depuis le salon, Marc reconnait la voix du commissaire de Police.

- Bravo, non je dois avouer : bravo. Vous m'avez fait passer pour un con mais votre version des faits est la bonne. Le banquier est aux arrêts jusqu'a son jugement. La date est d'ailleurs déjà fixée. Les médecins généralistes sont formels. Vos preuves sont exploitables et rendent compte d'une unique et véritable version des faits. Nous ne reviendrons pas sur votre entrée dans la morgue…fracassante à tout point de vue.
- …
- Eh oui, monsieur Touaine ! Les caméras existent. Il faudrait vivre avec votre temps. Ceci dit, vous faites un très joli couple avec votre ami.
- Votre ami ? De qui parle-t-il ? s'étonne Sylvie.
- Ah ! Il n'a pas pris soin de vous préciser qu'il ne travaillait pas seul. Je m'en doutais. Ces jeunes ! Ça s'accapare sans arrêt tous les mérites. Mais, je lui laisserai le soin de vous expliquer en détails sa petite aventure nocturne. Marc, le préfet veut vous voir. Non seulement vous ne serez pas condamné

pour vos méfaits mais de plus, vous aurez un mandat pour « pouvoir travailler librement ». (Il l'a mauvaise, le commissaire.) A croire qu'on fait mal notre boulot. C'est dingue. Vous serez même médaillé. La date a été fixée la semaine prochaine, pour votre cérémonie.

Médaillé. Marc allait être médaillé. Mais ce n'est pas ça qu'il avait retenu.

- Vous dites que je vais recevoir un mandat ?? Je serai reconnu par l'Etat ?
- Des mains du préfet. Il y en a qui ont de la chance. Quand je pense que ça fait trente ans que je bosse pour cet homme et que je n'ai jamais reçu de médaille…
- Je vous la donnerai si vous voulez. Ça m'importe peu, moi, vous savez une médaille. Tant de superficialité. Vous vous rendez compte Sylvie, je peux travailler en toute légalité à présent !
- C'est mieux pour un détective privé non ? s'exclame-t-elle en souriant.

Elle est émouvante quand elle sourit. La voir ainsi ; la voir sourire est une récompense inimaginable pour Marc. Enfin. Il a réussi. Une boule au ventre. Le coeur gauche serré. Un vrai tendre le limier !
Pour le déjeuner, Patricia prépara un bon repas copieux, pour fêter la nomination du héros du jour. Sylvie avait convié les proches de Marc à venir manger chez elle pour le remercier et le récompenser. Récompense appréciée. Ils étaient nombreux à être rassemblés autour de la table. En quelque sorte, c'était la famille adoptive de Marc. Il y avait Olivier et Jean, ses amis de toujours, la donneuse de films et son mari, René, son père spirituel mais

aussi ses parents heureux et surpris par la réussite de leur fils.
Evidemment Sylvie était assise en bout de table, en maîtresse de maison et en face de Marc, Patricia, le sourire aux lèvres.
Pendant le repas, il repensa à Julie. Il fallait qu'il la contacte pour la prévenir de vive voix. C'était plus correct que de la laisser apprendre la nouvelle par le biais des journaux.

Le déjeuner fini, Marc remercie un à un les convives qui s'en vont. Il a passé un excellent moment. C'est la première fois qu'il se sent fier d'avoir accompli quelque chose de sérieux et jusqu'au bout. Avant que René parte, il lui demande s'il est venu avec sa DS.

- Bah oui, j'allais pas venir à pied. Tu me connais quand je peux faire sortir ma petite beauté, je ne me gêne pas.
- Ça te dérange si j'emmène ta petite beauté avec moi à Cannes ?
- Qu'est-ce que tu veux faire à Cannes, toi ? Le festival, c'est dans plusieurs mois et puis il fait moche maintenant. Les palmiers sous la pluie, tu sais… Et puis, de toute façon, ta médaille ? Ton mandat ? La cérémonie de la semaine prochaine ?
- Pouah, tu connais mal le détective Touaine. Cette affaire sera bouclée bien avant la cérémonie.
- Tu veux y faire quoi, à Cannes ? Et puis quelle affaire d'abord ?
- Il faut retrouver les véritables voleurs de la banque pardi !
- Ah oui, le jeune couple dont tu m'as parlé l'autre jour ?
- Lui-même. Le jeune couple qui ne doit plus être

si jeune d'ailleurs. Mais ils ne devraient pas être si difficiles à retrouver. Une somme pareille sur les bras ne s'écoule pas aussi facilement.
- Oh tu sais. A Cannes, tout se voit. Mais, dis-moi, tu sais conduire au moins ?
- Ça s'apprend. La conduite c'est comme tout : trois pédales, un volant, un frein à main et tu te retrouves de l'autre coté de la France.
- Non, tu te retrouves dans le ravin. Laisse-moi te dire que cette semaine je serai ton chauffeur ou tu ne partiras pas à Cannes avec ma voiture. De toute façon j'ai besoin de vacances.
- Je n'osais pas te le demander. Merci mon René.
- Je t'attends dans la voiture.

Marc se rapproche de sa cliente et avec un grand sourire lui dit :

- Je continue l'enquête, madame. Si vous pouviez me faire parvenir le nom de toutes les personnes qui ont perdu de l'argent dans la faillite de la banque, je vous en serais très reconnaissant.
- Je vous enverrai ça. Les papiers doivent être dans le bureau de Paul. Depuis là où il est, il sera heureux de savoir que quelqu'un reprend l'enquête à sa place. Je voudrais vous remercier pour tout ce que vous avez fait pour moi.
- C'est bien normal. C'est la seule chose que j'aime et que je sache faire : aider les gens. Et puis, c'est mon métier après tout.

Cette phrase lui rappelait quelque chose, il l'avait entendu, il n'y a pas si longtemps. Elle lui semblait bien sonner. Et toi lecteur, te souviens tu ?

- Eh bien, vous le faites bien votre métier jeune

homme. Ouh, à ce propos, j'allais oublier !

Elle se précipite vers la commode, prend une enveloppe posée sur celle-ci et la lui tend en lui faisant un petit clin d'oeil.

- Voilà votre salaire. Je vous ai mis un peu plus que prévu. Nous dirons que c'est parce que vous m'êtes sympathique.
- Mais que ferai-je sans vous !
- Allez, ne laissez pas le bel homme trop longtemps tout seul. J'ai remarqué qu'il piquait légèrement du nez à table. Il risque de s'endormir dans la voiture si vous l'oubliez.

Elle l'avait appelé « le bel homme ». René. Aha. Il serait content quand Marc allait lui annoncer la nouvelle. Il se vanterait comme un paon. Marc le savait déjà.

Au moment où il franchit la porte, Marc entend du bruit derrière lui. Il se retourne et derrière lui se trouve Patricia. Il espère qu'elle va l'embrasser. Il espère qu'elle va l'embrasser.
Je l'ai déjà dit ? Ah oui. C'est qu'il voudrait vraiment qu'elle l'embrasse.

- Je vous accompagne, tout de même.
- Bah oui, tout de même. Nous n'allons plus nous voir pendant une semaine.
- Vous vous moquez de moi ?
- Non ! Enfin ! Je n'oserais pas.

C'était atroce. Son accent lui piquait agréablement les oreilles. Le parfum fruité de sa peau narguait son sens olfactif. Quant à ses cheveux ondulés, ses yeux marrons soutenus et sa bouche pulpeuse ; ils rendaient fou le détective.

- Je tenais à m'excuser. Pour mon comportement. J'ai été stupide et méchante. C'est que... j'aimais profondément monsieur Millau. Sa mort me fait beaucoup de chagrin. Il était comme un père pour moi. Je vous demande pardon de vous avoir parlé sèchement à plusieurs reprises.

En plus, elle s'excusait. Peut-être attendait-elle qu'il l'embrasse. Aurait-il le courage de faire un pas, d'avancer la tête et de poser ses lèvres sur les siennes ?

- En tout cas, je dois dire que vous êtes drôlement courageux. Affronter tant de gens pour tenter de sauver un seul homme ! Soif d'héroïsme et de justice. On dirait Superman.

Superman ?? Tiens ? Pas Marlowe ? Mais après tout, Marlowe était une sorte de dérivé de Superman. Si on retirait le costume moulant de superhéros, on pouvait obtenir un homme tel que Marlowe. Somme toute, allons-y le héros à la cape. L'intention y était.
Devant la voiture, à coté de la porte passager, Marc sourit tendrement à la femme, observant attentivement son visage. Elle lui rend son sourire. Le moteur de la voiture se fait entendre. René s'impatiente. Après tout, Marc n'est pas le seul à aimer le cinéma. René a hâte de voir à quoi ressemble Cannes : la ville française emblématique du cinéma. Il ne l'a vue qu'une seule fois. Et c'était à la télévision, lors d'une retransmission du festival. Mais il n'a pas aimé tout cette hypocrisie folklori-

que. Ce sont les palmiers, les marches mythiques et le tapis rouge, sans oublier les empreintes de mains des stars, jonchant les allées de la ville qui l'attirent.
Patricia l'embrasse légèrement sur la bouche. Un baiser fugace. Un baiser timide. Un baiser d'enfant. Pas un baiser de cinéma. Mais un baiser quand même. Un baiser tellement agréable.

- Au revoir, beau détective et à bientôt j'espère.

Marc se répète cette phrase merveilleuse dans sa tête, une dizaine de fois au moins. Puis se rappelle la présence de Patricia et ne veut pas la blesser.

- Au revoir, belle demoiselle… C'est pas très original n'est-ce pas ?
- Non, mais je le prends quand même. Allez, rentrez dans la voiture, dit-elle en offrant à Marc son plus beau sourire.

Il s'exécute, s'assoit, frotte ses mains l'une contre l'autre et regarde René.

- Elle m'a embrassé, elle m'a embrassé René !
- J'ai vu ça mon chanceux !
- A ce propos, j'ai une bonne nouvelle pour toi.

La voiture démarre. Patricia se met sur le côté et fait un signe de la main. Marc lui répond, tout sourire.

- Arrête la voiture !
- Quoi ?
- Arrête la voiture ! J'ai oublié de lui demander quelque chose de crucial, de fondamental, de capi-

tal, de...
- Quoi encore ?

Marc ne prend pas la peine de répondre à René. Il court jusqu'à la femme, manque de se casser la figure, se rattrape et lui dit, le souffle coupé :

- Je sais !
- Quoi, qu'est-ce que vous savez ?
- Tu ne serais pas en train de lire *Germinal* de Zola ?

FIN...

La suite ? S'il y en a une, ça sera dans un tome 2. Peut-être bien, S.P.A.D.E, Le Retour du Courageux Détective.

À voir…

Note de l'auteur

Heureux. Je le suis d'avoir enfin ce livre entre les mains. Avoir enfin réussi à publier mon livre, après tant de travail.

Je tiens à dire que ce livre personnel à été publié à compte d'auteur et grâce à une collecte de fonds. Merci à tous. Pour votre soutien, vos belles idées, votre intérêt pour ce projet.

J'espère qu'il vous a plu. Pour toute critique ou question sur mes projets à venir — car il y en a— je suis prêt à vous répondre sur les réseaux sociaux.
Dernière information. De la plus haute importance. Elle pourra vous servir dans la vie, lorsque vous parlerez en famille ou si vous êtes amenés à participer à une mission d'envergure. Je souhaiterais prévenir les gourdiflots ignorants (*cf Proust : auteur plus cité que lu*), qu'une critique peut être positive. Sur ce, je pose cette plume usée pour en prendre une nouvelle. Nouvelle plume pour nouvelle œuvre.

Remerciements

Tout d'abord, je tiens à remercier deux personnes : Dashiell Hammett, le créateur de Marlowe qui a su développer un personnage immortel et inspirant. Le deuxième, c'est Humphrey Bogart, l'acteur au talent que l'on sait, qui incarne avec brio le personnage de Marlowe, à tel point que, selon moi, ils sont indissociables. On ne peut penser à l'un sans avoir l'autre à l'esprit.

Par ailleurs, un livre ne se fait pas seul. Non, non, il faut le savoir. C'est important. Comme certains l'auront compris, cette page me servira à remercier. Remercier beaucoup de gens, vu que beaucoup m'ont aidé.

Je tiens donc tout d'abord, à remercier mes premières lectrices qui ont eu un regard utile sur l'œuvre. Un grand merci également, à Felix Delabranche qui a apporté à ce roman une belle couverture.

Merci à Sylvie Bezard, Solene Leclerc, Bethsabée Rose, Elisa Delleaux, Chloé Marzin, Sylvie Fouyé, Philippe Daniel, Nathalie Fressard, Emma Forestier, Joanie Marcos et Anne Kowalewski, sans lesquels ce roman aurait paru dans des conditions tristes car obscures.

Merci à Elodie Wissel ainsi qu'à BoD de faire confiance à des artistes inconnus.
Merci à ma famille (ils le font tous, mais bon on ne peut s'en empêcher, je vous assure…).

Imprimé par Books on Demand GmbH,

Norderstedt, Allemagne

ISBN : 9782322085286

Dépôt légal : mai 2018

Premier roman

Vincent Petit 2018